KB056831

봄날의 썸썸썸

도시만의 냄새가 있다.

도시에서 쭉 살아온 사람들은 잘 모르겠지만
난 분명히 맡을 수 있다.
•공연 / 예술
Festival

미세 먼지와 매캐한 자동차 매연 냄새 뒤로
은은하게 풍기는 섬유 유연제의 향긋한 냄새.

그 뒤로 퍼지는 향수나 화장품 따위의 향기.
그게 뭐가 좋냐고 물어보면 바로 답할 수 있다.

그냥.
아무 이유 없이 좋다고.

봄날의 썸썸썸

탁경은

여섯번째봄

1

봄의 힘은 강력하다. 겨울 동안 움츠렸던 나뭇잎들은 기지개를 켜고 꽃들은 화려하게 피어난다. 그런데 나는 봄이 반갑지 않다. 꽃가루 알레르기에 집 먼지 알레르기까지 있어서 환절기마다 재채기와 콧물을 달고 산다.

게다가 중학생에게 봄은 변화와 긴장의 연속이다. 새로운 학년이 시작되고 반이 바뀌고 친구와 담임까지 싹 바뀐다. 이번 담임은 괜찮은 사람일지, 반 아이들은 무난한 편일지, 무슨 동아리에 들어야 할지, 반장 선거에 나가야 할지, 각 과목을 담당하는 쌤 중 이상한 사람은 없을지……. 걱정이 꼬리에 꼬리를 물고 이어진다.

모든 것이 탈바꿈하는 시기에 승희와 한 반에 배정된 것은 행운이었다. 작년에 같은 반이었어도 승희와 나는 친한 편이 아니었다. 우리는 새 학기 첫날 함께 교문까지 걸어가며 은밀히 우정을 다졌고 급속도로 친해졌다. 속닥거리면서 자주 낄낄거리는 우리에게 호기심을 느꼈는지 지민이가 다가왔다. 지민이는 자신의 반장 선거 운동을 도와달라고 부탁했다. 우리는 흔쾌히 동의했다. 지민이가 톡으로 보내준 카페 쿠폰에 홀딱 넘어간 사실은 비밀이다.

체육 수업이 끝났다. 서둘러 교복으로 갈아입고 6교시 준비를 하는데 승희가 내 곁으로 달려왔다. 핸드폰을 내 앞으로 휙 내밀며 아이처럼 좋아한다.

“내일 만나재.”

헤벌쭉 미소를 짓는 승희를 잠깐 올려다봤다.

“같이 가 줘?”

“뭔 소리. 혼자 갈 거야.”

‘좀 걱정되는데……’, ‘위험한 사람이면 어쩌려고’, ‘꼭 만나야 하니?’ 이런 말들이 입안에 마구 맴돌았지만, 일단 내뱉지 않았다. 한껏 기대감에 부푼 승희 마음에 찬물을 끼얹고 싶지 않았다.

"나 잘 풀리면 소개팅 물어 올게."

"됐거든."

6교시는 국어다. 나는 국어 교과서와 공책을 책상 위에 펼치다가 승희를 슬쩍 째려보았다.

"다시 말하지만, 소개팅 노 땡큐야."

"아니, 왜?"

"그냥 난 빼 줘."

조금 엄해진 내 목소리에 승희는 금방 기가 죽어 "알았다."라고 대답했다. 수업 종소리가 울렸다. 승희가 자기 자리로 후다닥 돌아갔다. 나는 승희의 뒷모습을 보며 짧게 한숨을 내쉬었다.

안 그래도 봄이라 그런지 반 분위기는 뒤숭숭했다. 꽃망울이 터지고 꽃내음이 교실 안까지 침입한 탓인지 아니면 새 학기가 주는 긴장이 옅어진 탓인지 모두 입만 열면 연애, 연애, 연애였다. 승희와 지민이는 물론이고 다른 아이들까지 썸을 타네 마네 난리들이었다. 그러거나 말거나 나는 학기 초에 세워 둔 완벽한 학업 계획서에 따라 움직였다. 중간고사 대비를 시작했고 3학년 1학기 수학과 영어 선행 학습을 시작했다. 학원과 과외 과제를 빠짐없이 챙기느라 쉬는 시간과 자습 시간을 몽땅 퍼부을 정도로 바빴다.

이유는 모르겠지만 썸에 통 관심이 가지 않았다. 서울에 올라오면 썸도 타고 연애도 해야지, 그렇게 벼르고 있었는데 어쩐 일인지 그런 마음이 점점 사그라들었다.

이모 탓도 있다. 내가 무진장 좋아하는 우리 이모가 비혼주의자이다. 우리의 아지트인 베이커리 카페에서 내가 처음 '비혼'이라는 단어를 꺼냈을 때 승희는 커다란 두 눈을 더디게 끔벅였다. 그 단어를 태어나 처음 듣는 눈치였다. 우리는 각자 좋아하는 빵을 골랐다. 빵이라면 죽고 못 사는 빵순이들이라 자기 입에 들어가는 빵은 자기가 샀다.

승희가 가장 좋아하는 피자빵을 한 입 베어 물며 물었다.

"비혼? 그게 뭔데?"

나는 비혼의 뜻을 설명했다. 최대한 쉽게 설명하면 승희도 금방 알아들을 거라고 생각했는데……, 아니었다.

"그러니까 혼자 사는 거라고? 아, 연애를 안 하는 거라고? 아, 연애는 하는데 결혼만 안 하는 거라고? 대체 왜? 이모 부모님, 그러니까 할머니, 할아버지는 반대 안 하셔?"

'그러니까'는 승희가 가장 자주 쓰는 단어다. 승희의 쏟아지는 질문에 일일이 답변을 하려다가 그만두었다. 이건 뭐, 기자들에게 인터뷰 받는 것도 아니고 내가 이모 대변인도 아니고. 갑자기 이 상황이 귀찮게 느껴져 나는 대충 얼버무렸다.

"그냥 그러고 싶대."

그러고 보면 '그냥'이라는 단어는 참 무책임하다. 어떨 때 보면 천하무적이다. 어떤 질문에든 그냥이라고 답해 버리면 상대방은 맥이 탁 풀려 입을 다물게 된다. 더 구체적인 질문을 던질 수 없게 된다.

옆에서 조용히 승희와 내가 나누는 대화를 들으며 마들렌을 꼭꼭 씹어 먹던 지민이가 불쑥 끼어들었다.

"너도 혹시 비혼이니?"

지민이는 의심이 주렁주렁 달린 게슴츠레한 눈으로 나를 봤다.

"나? 아닌데."

"근데 왜 소개팅 거절해?"

지민이가 잠깐 눈을 흘겼다. 지민이는 현재 교회 오빠와 썸을 타는 중이었다. 교회에 모태 솔로가 많다며 자꾸 소개팅을 물어 왔다.

"연애할 시간 없다니까."

집요하게 나를 흘겨보는 지민이 때문에 크루아상이 입으로 들어가는지 코로 들어가는지 몰랐다.

"너희 이모 혹시…… 그거니?"

여자 좋아하냐고? 아니면 남자, 여자 둘 다?

"아닐걸."

"정리하면 이모는 남자를 좋아하고 연애까지는 괜찮은데 결혼만 싫다, 이거지?"

그렇지. 비혼의 뜻을 찰떡같이 알아들은 지민이에게 고개를 끄덕여 주었다. 승희는 도무지 이해가 가지 않는다는 얼굴로 빵을 오물거렸다. 착한 남자와 결혼해 예쁜 가정을 꾸리는 게 꿈인 승희에게 아무래도 비혼은 어려운 단어였다.

"우리 엄마 말로는 그런 사람들이 제일 먼저 결혼한다더라. 나 독신주의야, 결혼 절대 안 해, 하던 친구들이 제일 먼저 청첩장 돌렸다던데?"

"이모는 확고해. 내가 알기론 그래."

내가 단호하게 말하자 승희는 입을 한 번 삐죽였다.

"어쨌든 이유가 있을 거 아냐. 원인 없는 결과는 세상에 없잖아. 안 그래?"

지민이의 질문이 마음을 찔렀다. 역시. 전국 논술 대회 우승을 목표로 바라보고 있는 친구답다.

그날 저녁 방으로 돌아와 나는 생각했다. 이모는 왜 비혼주의자가 되었을까. 그리고 난 어쩌다 연애에 심드렁한 인간이 되었을까.

얼마 전 포털 사이트를 뜨겁게 달군 사건 탓일까? 일 년 넘게 스토킹하던 남자가 저지른 살인 사건 기사를 모조리 읽었다. 내가 좋아하는 프로그램 <그것이 알고 싶다>도 챙겨 봤다. (승희는 그 프로그램을 보면 무서운 꿈을 꾼다고 절대 보지 않는다.) 기가 막히게도 피해자는 그 남자와 사귄 적이 없었다. 범인은 자기 혼자 집착하고 분노하다가 살인까지 저지른 것이다.

어쩌면 그 말 때문인지도 모르겠다. 이모한테 불쑥 "이모한테는 뭐가 가장 중요해?"라고 물었을 때 이모는 "자유."라고 대답했다. 이모가 비혼을 선택한 명확한 이유까지는 잘 몰랐지만, 추측건대 이모는 자유로움을 지키기 위해 비혼을 선택한 것은 아닐까? 결혼하게 되면 결혼 전만큼 자유롭지 못하다는 것은 나도 눈치껏 알았다.

"알아들었죠? 할머니도 좋고 할아버지도 좋아요. 여러분과 나이 차이가 많이 나는 분을 인터뷰해 짧은 글로 써 오는 거예요. 마감은 2주 뒤까지."

국어 수행 평가 과제를 듣고 나는 한숨을 푹푹 내쉬었다. 그걸로도 모자라 고개를 숙인 채 머리카락을 마구 비비다가 제멋대로 흩뜨렸다. 그런 나를 힐끔거린 사람이 있다면 아마 이렇게 생각하겠지. '아, 할머니가 먼 곳에 사시나 보다' 아니면 '할머니도 할아버지도 돌아가셨나 보다'

땡! 틀렸다. 나는 할머니와 함께 산다. 매일 할머니 얼굴을 본다.

"할머니, 할아버지가 어떤 삶을 살아왔는지 물어보는 거예요. 그러려면 인터뷰 질문을 꼼꼼히 준비해야 좋겠죠."

맨 앞자리에 앉아 있던 부반장이 손을 번쩍 들었다.

"할머니가 아프셔서 요양원에 계시면요?"

"반드시 가족을 인터뷰해야 한다는 게 아니에요. 복지관이나 노인정에 가서 인터뷰할 분을 찾아도 좋아요."

쌤 설명을 듣고 고개를 끄덕이는 부반장을 바라보며 가슴을 쓸어내리는데 쌤이 나를 콕 집어 덧붙였다.

"참, 유정이는 할머니와 산다고 했지?"

그렇긴 하지만. 쌤, 그러지 마세요.

"그럼 유정이는 할머니를 인터뷰하면 되겠네. 기대할게."

나답지 않게 허둥지둥 손을 들면서 준비되지 않은 대사를 내뱉었다.

"할머니 요즘 컨디션 별로신데……."

어설픈 거짓말은 씨알도 먹히지 않았다.

"어제도 선생님이 복지관에서 뵀는데 괜찮으시던데?"

나는 억지로 웃음을 흘렸다. 이건 정말 내가 일 년에 한 번 지을까 말까 한 치사하고 자존심 구겨지는 웃음이다. 기분 정말 구리다.

"선생님이 유정이 할머니에 대해 알고 싶어서 그래. 인터뷰해 오면 점수 잘 줄게."

쌤이 눈을 찡긋했다. 아이들이 교과서를 펼쳤다. 쌤이 내뱉은 '점수 잘 줄게'라는 말이 메아리처럼 귓가에 울려 퍼졌다. 머릿속이 복잡했다. 이번 학기도 호락호락하지 않으려나?

할머니와 함께 살았지만 친하지 않았다. 할머니와 나는 너무도 다른 사람이라 각자의 스타일대로 살고 있다. 서로의 스타일을 최대한 존중하되 거리를 유지하고 있다. 그러다 보니 서로 부딪히진 않았지만, 할머니에 대해 아는 것이 하나도 없었다. 더 큰 문제는 할머니의 삶에 대해 내가 관심이 없다는 점이었다.

2

교문을 나오자마자 이모 집으로 달려갔다. 앞다퉈 피어나는 봄꽃들을 지나쳐 목적지로 향했다. 고민이 있거나 우울할 때마다 나는 이모를 찾아간다. 이모는 나의 단짝이고 고민을 들어 주는 상담자이고 나의 롤 모델이다.

"순대볶음 해 줄래?"

이모 말 한마디에 나는 자동으로 소매를 걷어붙였다. 금손인 나와 달리 이모는 똥손이라 요리를 정말 못한다. 유일한 단점이라 그러려니 넘어간다. 언제부턴가 이모는 식재료를 쟁여 둔다. 내가 오면 부려 먹으려고.

양파, 깻잎, 고추장, 고춧가루, 간장을 넣고 순대를 야무지게 볶았다. 이모는 대낮부터 맥주가 당긴다면서 냉장고를 뒤지고 나는 핸드폰을 손에서 놓지 않았다. 이모한테 고민 상담할 내용들이 메모장에 적혀 있다.

"오늘은 하나만 하자, 하나만."

상담할 내용이 세 가지인데, 이모는 오늘 바쁘단다. 별로 안 바빠 보이는데, 라고 말하려다가 참았다. 그렇게 말하면 이모는 서운해한다. 실은 프리랜서들이 더 바쁘기 마련이라는 둥, 24시간 자신을 착취하는 구조라는 둥 어려운 말을 늘어놓을 게 빤하다.

"이모는 프리랜서 된 거 후회해?"라고 물어본 적이 있는데, 그건 또 아니란다. 프리랜서로 사는 게 쉽지는 않지만 그래도 후회한 적은 없단다.

"오늘 국어 수행 평가가 나왔는데 뭔 줄 알아? 할머니 인터뷰래."

이모는 그게 왜 고민인지 이해할 수 없다는 듯 어깨를 으쓱했다.

"나 할머니랑 안 친하잖아."

이모는 젓가락으로 순대볶음을 입에 집어넣으며 웅얼거렸다.

"그럼 잘됐네. 수행 평가 핑계로 할머니랑 친해져 봐."

순간이지만 이모가 맛나게 먹고 있는 순대볶음을 확 뺏고 싶었다.

"할머니랑 진짜 안 맞아."

오늘 아침에도 할머니랑 한판 했다. 정말 간당간당한 시간에 눈을 뜨는 바람에 아침 먹은 그릇을 설거지할 시간이 없었다. 가뜩이나 늦었는데, 설거지까지 하면 지각이 분명한데, 지각하면 종일 담임의 잔소리에 시달려야 하는데 어쩌란 말인가. 하는 수 없이 싱크대에 그릇을 갖다 두고는 부랴부랴 등교 준비를 하는데 할머니가 내 길을 막아섰다.

"설거지하고 가야지."

"학교 갔다 와서 할게요."

할머니는 팔짱을 끼면서 완강히 고개를 가로저었다.

"약속은 지키기로 했잖니. 지금 하고 가렴."

"저 지금 가도 지각이에요."

"약속을 지키지 않으면 함께 갈 수 없다고 말했을 텐데."

평소 부드러웠던 할머니 목소리가 아니어서 나는 좀 쫄았다.

"그거 하는 데 십 분이 걸리는 것도 아니잖니."

내 목소리도 점점 높아졌다.

"갔다 와서 꼭 한다니까요! 설거지 때문에 지각할 수는 없잖아요."

"다시 물을게. 약속을 지킬 생각이 있니?"

그러고 싶은데 가끔 힘들다니까요, 힘들어도 자기 일은 자기가 알아서 하기로 약속했잖니, 그래도 힘든 걸 어떡해요, 따위의 말들이 하염없이 오가다가 결국 나는 항복했다.

그동안 할머니와 함께 살기 시작하면서 가장 많이 다툰 부분은 아침 식사였다. 처음에 살 때부터 할머니는 몇 가지 원칙을 이야기했다. 하나, 나로 인해 할머니 일정이 방해받는 일은 없어야 한다. 둘, 주말 중 하루는 집 안 청소를 돕고 함께 밥을 먹는다. 셋, 밥과 반찬은 얼마든지 해 주지만 자기가 먹은 그릇 설거지는 스스로 해야 한다. 틀린 말도 아니어서 내가 먹은 밥공기와 국그릇은 내가 설거지했다. 그렇지만 유독 아침 먹은 그릇을 설거지하는 일은 쉽지 않았다. 할머니 말대로 몇 분도 안 걸리는 일인데, 그냥 할머니가 좀 해 주면 어디가 덧나나? 승희 이야기 들어 보면 할머니 집에만 가면 손 하나 까딱하지 않아도 된다던데 나 원 참. 결국 나는 백기를 들고 앞으로 5분 일찍 일어나 내 그릇을 설거지하기로 약속했다. 그제야 할머니는 팔짱을 풀었다.

"초등학생 때 우리 동네에 큰 홍수가 났어."

한동안 이어진 침묵을 깨고 이모가 뜬금없이 말했다. 웬 홍수? 눈을 크게 뜨며 이모를 바라보는데, 이모는 반짝반짝 빛나는 눈동자로 나를 지그시 바라봤다.

큰 홍수였다. 이모가 살던 아파트는 고립됐다. 누렇고 더러운 물이 2층까지 덮쳤다. 12층, 72세대가 꼼짝없이 아파트에 갇혔다. 한 동이 72세대였으니 단지 전체로 계산하면 400세대가 넘었다. 이모는 촛불을 켜 놓고 피아노를 쳤다고 한다. 학교에도 가지 않고 경시대회도 보지 않게 돼서 행복했단다. 해가 지고 노을이 사라질 무렵 베란다에서 휴대용 가스버너로 만두를 구워 먹으며 언니와 함께 (여기서 언니는 우리 엄마다.) 재잘재잘 노래를 부른 기억이 떠오른단다.

전기가 없으니 밤은 일찍 찾아왔다. 거실에 온 가족이 모여 함께 잠을 잤다. 해가 지면 아파트 단지는 공동묘지로 변한 듯 고요했다. 할머니와 우리 엄마 옆에 누운 이모는 깜깜한 밖을 멍하니 바라봤다. 가족이 배를 타고 어딘가로

둥둥 흘러가고 있는 듯한 착각이 일었다.

홍수를 둘러싼 기억은 어른이 되면서 흐릿해졌다. 이모가 방에서 커다란 앨범을 가지고 나왔다. 이모는 별 감흥이 없는 얼굴로 사진을 한 장 꺼냈다. 홍수가 난 아파트 주변을 10층 집에서 찍은 사진이었는데, 도로는 붉은 흙탕물로 자취를 감췄고 그 물 위로 다양한 물건들이 떠다녔다.

"그때 진짜 좋았는데. 학교도 안 가고 경시대회도 건너뛰고."

이모가 사진을 나에게 건네며 말했다.

"그때 좋았다고 말했더니 네 외할머니가 이렇게 쏘아붙였어. 좋긴. 먹을 건 점점 떨어지지, 화장실도 못 쓰지. 얼마나 고생했는데. 그러면서 어찌나 매섭게 흘겨보던지."

이모가 할머니 말투를 흉내 내서 웃겼다.

그러고 보면 고립된 아파트에서 열흘을 버티는 일이 쉽지 않았을 것이다. 물이 내려가지 않는 변기는 무용지물일 테고 전기가 끊어지면서 냉동고 안 음식들도 다 녹았을 테니까. 그런데 어째서 이모에게는 학교에 가지 않아서 행복했다는 기억만 남았을까. 베란다에서 냉동 고기를 구워 먹은 일은 바비큐 파티로 미화되고 촛불을 켜 놓고 공부하던 일은 낭만적인 이미지로만 남았을까.

“요점이 뭔데?”

“맞춰 볼래?”

이모는 나를 골려 주려는 듯 애매한 미소를 지었다. 그 미소를 보니 심통이 났다. 다음에 순대볶음을 해 달라고 하면 아주 맵고 짜게 해 줄 테다!

“모르겠어.”

“사람은 자기가 보고 싶은 것만 보고 기억하더라, 이 말이지.”

이모의 말을 귀담아듣는다. 기자 생활을 그만두고 프리랜서 생활을 시작한 이모 말이 가끔 이해되지 않을 때도 있다. 이모가 선택한 단어들이 낯설게 느껴질 때도 있다. 그래도 일단 열심히 듣는다.

“홍수라는 같은 사건을 겪었는데 할머니랑 내가 보고 듣고 기억한 게 전혀 다르다, 이 말이지. 각자 들고 있는 퍼즐을 합쳐야 진실에 가까워진다, 이 말씀.”

“그래서?”

“네가 보고 있는 할머니 모습도 작은 퍼즐에 불과하다는 거지. 이제까지 네가 바라보고 싶은 대로만 할머니를 본 걸 수도 있어. 그래서 할머니가 불편한 거 아닐까?"

순대볶음에서 홍수로, 다시 홍수에서 퍼즐로 이어지는 이모의 논리적 흐름을 따라가기가 무척 버거웠다. 이모에게 계속 상담을 받으려면 아무래도 국어 공부를 더 열심히 해야겠다. 아니면 책을 좀 읽던가.

"진심으로 할머니를 인터뷰해 봐. 네 또래였을 때 일도 물어봐. 다른 각도로 바라본 퍼즐들을 모아 보라고."

3

터덜터덜 집으로 돌아가면서 이모가 해 준 말을 곱씹었다. 다른 각도로 바라본 퍼즐이라. 이모 말대로 정말 내 방식대로만 할머니를 보고 있던 건 아닐까? 인터뷰하면서 할머니를 더 잘 알게 되면 할머니와 친해질 수 있을까? 오히려 반대면? 할머니를 알면 알수록 할머니가 더 싫어지고 불편해지면?

내가 어렸을 때 우리 가족은 도시에서 살았다. 나는 엄마 아빠의 하나밖에 없는 딸이고 당연히 사랑을 독차지했다. 엄마는 24시간 집에 있었고 오직 나만 바라봤다. 깨끗

하고 정갈한 내 방이 있었다. 옷장 안에는 내 마음에 쏙 드는 옷들이 가득했고 학교에 가면 내 손을 먼저 잡아 주는 친구들이 있었다. 그때의 나는 부족함이라는 단어를 몰랐다. 모든 것이 다 나를 위해 존재했다.

초등학교 3학년 때 갑자기 이사를 가게 되면서 내 삶은 꼬이기 시작했다. 당시에는 도망치듯 서둘러 이사 가게 된 이유를 잘 몰랐는데, 지금 생각해 보면 아빠가 하던 사업이 망했던 모양이다. (아직까지도 엄마와 아빠는 명확한 이유를 이야기해 주지 않는다.)

우리는 둔둔리에 사는 외할머니 집 근처로 이사 갔고 그때부터 농사를 짓기 시작했다. 다행히 아빠는 농사가 몸에 잘 맞아 보였고 엄마도 불평 한번 하지 않았다.

내 상황은 좋지 않았다. 나는 갑작스레 옮긴 시골집이 싫었다. 농사를 짓는 것도 싫었고, 땀에 전 아빠 냄새도 마음에 들지 않았다. 비만 오면 질퍽거리는 마을 길도 진절머리 났고, 반 아이들 사투리도 좀처럼 익숙해지지 않았다. 한참을 걸어야 나오는 버스 정류장도, 믿을 수 없이 긴 버스 배차 간격도, 편의점까지 가려면 몇 킬로미터를 걸어가야 하는 현실도 짜증 났다.

날마다 꿈을 꿨다. 꿈에서 나는 도시에서 다녔던 학교와 학원 친구들을 만났다. 그 애들과 헤어질 때 엉엉 울어 대던 장면에서 꿈은 뚝 끊겼다. 깰 때마다 마음이 아팠다. 친구들이 정말 보고 싶었다. 그렇지만 나는 참았다. 엄마 아빠가 나를 이렇게 내버려 두지 않을 거라고 굳게 믿었다. 내가 더 크면, 그래서 중학교에 갈 시기가 되면 농사 따위는 접고 도시로 이사 가겠지. 내 교육을 위한, 그리고 나의 미래를 위한 계획이 있을 거라고 믿었다.

6학년 여름밤이었다. 성가시게 달려드는 모기와 사투를 벌이다가 내가 먼저 서울 이야기를 꺼냈다.

"서울 모기는 이곳 모기보다 얌전하지 않았어?"

"그랬었나? 그새 까먹었는지 기억이 잘 안 나네."

엄마는 삶은 옥수수를 내게 내밀며 밍밍하게 대꾸했다. 엄마가 피곤한지 하품을 했다. 틀어 둔 텔레비전에서 뉴스가 조곤조곤 흘러나왔다. 좋은 타이밍 같아 나는 중학교 이야기를 꺼냈다. 서울에 있는 중학교는 여기 학교와 규모부터 다르다. 애들 수준도 다르고 급식실도 훨씬 크고 맛있다.

"그런가? 요새는 시골 학교들도 시설 좋던데."

무심한 말투로 대답하는 엄마 말을 몇 마디 듣다가 난 깜짝 놀랐다. 엄마는 나를 도시로 유학 보낼 마음이 1도 없었다. 아빠를 이곳에 혼자 남겨 두고 나와 함께 도시로 갈 생각이 없었다.

"엄마는 여기가 참 좋아. 할머니랑 가까이 사는 것도 좋고. 너도 그렇지?"

엄마가 내민 옥수수처럼 순하디순한 엄마의 미소에 짜증이 솟구쳤다. 농사를 짓고 험한 일을 도맡아 하느라 까맣게 그을린 엄마 얼굴에 화가 치밀었다. 인정하고 싶지 않았지만 인정해야 했다. 엄마 아빠는 자식인 나보다도 자기들이 키우는 토마토에 더 관심이 많다는 것을. 시골 생활이 엄마 아빠를 완전히 다른 사람으로 만들었다는 것을.

"난 서울에 가고 싶어."

엄마의 두 눈동자가 흔들리든 말든 나는 소신을 굽힐 수 없었다.

"당장은 힘들어, 유정아. 엄마 아빠가 더 열심히 일할게. 미안해."

그 말은 아직 갚아야 할 빚이 잔뜩이라는 뜻이겠지. 중학생이 돼도 못 가면 대체 언제? 대학 갈 때 가란 소리야?

"서울에 있는 중학교 갈 거야."

단어 하나하나를 최대한 힘주어 말했다. 농담이 아니라 진심이라는 뜻이 전달되기를 바라면서. 그런데 엄마 아빠는 내 말을 흘려들었다. 잠깐 칭얼대다 말겠지, 하고 안이하게 생각했겠지. 하는 수 없이 나는 밥을 굶는 것으로 저항했다. 서울에 있는 학교로 유학 보내 준다고 약속하기 전까지는 밥 한 톨 넘기지 않겠다고 선언했고, 진짜로 굶었다. (물론 물은 야금야금 마셨다.)

내가 어떤 고민을 하고 있는지 관심조차 없는 엄마 아빠였지만, 밥을 굶자 발을 동동 굴렀다. 엄마 아빠의 생각은 아주 단순했다. 자식이 밥을 굶고 말라 가는 꼴은 도저히 눈 뜨고 봐줄 수 없었다나 뭐라나. 어쨌든 단식 투쟁의 결과는 나의 승리였다.

그때 나는 까맣게 몰랐다. 서울에 있는 중학교에 발을 들이려면 할머니와 살아야 한다는 사실을, 서울에 살면서 나를 돌봐 줄 수 있는 가족은 할머니밖에 없다는 사실을 그땐 미처 몰랐다.

4

침대에서 내려와 바닥에 발을 딛기 전 나는 침을 꼴깍 삼켰다. 설마 하룻밤 사이에 또 키가 큰 건 아니겠지? 조마조마한 마음으로 일어섰다. 헉, 젠장. 어제보다 바지가 더 짧아졌다. 이런 속도로 크다가는 농구 선수를 해도 되겠다.

이미 내 키는 우리 반 여자애들 사이에서 가장 컸다. 이 속도로 자란다면 반에서 가장 큰 남자애를 따라잡아 반에서 가장 큰 사람이 되는 건 시간문제였다.

건널목 앞에 멈춰 서서 검색창을 열었다. 키가 줄어들게 하려면? 불가능하단다. 그렇다면 키 크는 속도를 늦추려면? 우유를 최대한 먹지 말고 식사량을 줄이란다. 잠을 아예 안 자는 것도 효과가 있단다. 하나같이 믿음이 가지 않는 답변들뿐이다. 잠을 줄이라고? 밥을 먹지 말라고? 정말 이런 방법 말고는 없나? 어휴, 속 터져 쓰러지기 일보 직전이다.

뒷문으로 교실에 들어서는데 큰 키 때문에 맨 뒷자리에 앉아 있던 남자애가 나를 흘낏 쳐다봤다. 노골적인 불편함이 어려 있는 눈빛에 빈정이 상하지만 일단 참는다. 조회가 생각보다 일찍 끝났다. 1교시를 준비하려고 사물함에 다가가는데 반에서 가장 작은 축에 속하는 남자애가 내 사물함 앞에 서 있다. 내가 사물함에 다가가려는 제스처를 취하는데도 그 애는 비킬 생각이 없다는 듯 버텼다. 하필 왜 내 사물함 앞에 서 있지? 내 제스처를 완전히 뭉갠 것이 악의적으로 느껴지는 건 기분 탓인가?

"와, 젠더 평등 어쩌고 하더니 이젠 여자애들이 키까지 평등하려고 드네?"

정확히 나를 겨냥한 말이었다. 나는 그 애의 명찰을 내려다봤다. 서지형. 새 학년이 시작되고 한 달 정도밖에 지나지 않은 시점이었지만 나는 그 애에 대해서 조금 알고 있었다. 평소 소식통 역할을 자처하며 반 아이들 전체와 놀라운 친화력을 자랑하는 승희 덕분이었다. 반에서 키가 가장 작지만, 남자애 중 누구도 무시하지 못하는 애. 여자 나체 사진은 물론이고 포르노 영상 수십 개를 가지고 있다는 애. 그걸 싼값에 애들한테 팔아 대는 탓에 전교 남학생들이 영웅으로 추앙한다는 애.

수업 시작종이 울렸다.

"좀 비키지."

내가 자기를 내려다보자 자존심이 상했는지 녀석은 나를 뚫어져라 노려봤다.

"키 좀 크다고 자기가 뭐라도 되는 줄 아나 봐?"

녀석이 키득키득 웃자 옆에 서 있던 다른 남자애 몇 명이 같이 킬킬 웃어 댔다. 인내심 게이지가 바닥을 드러내는 소리가 들렸다. 녀석을 건드려 봤자 일이 해결되는 것도 아니고, 화를 내면서 문제를 키우는 건 나한테 유리하지 않다는 것도 알고 있었다. 아랫입술을 질끈 깨물며 녀석의 몸을 밀치려는데 앞문이 드르륵 열렸다. 과학 쌤의 등장에 녀석은 비열한 미소를 흘리며 자기 자리로 돌아갔다. 그제야 나는 사물함 안에 있는 공책을 꺼낼 수 있었다.

혈액형에 대한 수업을 듣는 내내 화가 가라앉지 않았다. 이것은 선전 포고에 불과하다. 앞으로 녀석 말고 다른 남자애들까지 가세해 나를 놀려 대겠지. 내가 가장 좋아하는 과목이 과학인데도 쌤 말이 귀에 하나도 들리지 않았다.

이게 다 할머니 때문이다. 할머니 집에 살기 시작하면서 식사량이 엄청나게 늘었다. 음식에 무신경한 엄마와 달리 할머니는 늘 정성껏 밥상을 차렸는데, 하나같이 다 맛있었다. (외출이 잦은 할머니는 반찬을 해서 냉장고에 가득 넣어 두었다. 그래서 할머니가 집에 있든 없든 나는 밥을 맛있게 먹었다.) 자연히 과식을 하게 되었고, 과식을 하면 졸음이 쏟아져 잠도 더 많이 자게 되었다.

놀라운 건 소화 속도였다. 할머니 밥은 정말 빨리 소화돼 버려 눈 깜짝할 사이에 배가 고파졌다. 그 기묘한 허기를 어떻게 설명해야 할까. 밥상을 가득 채웠던 음식의 요소들이 몸에 완전히 녹아들어 배가 고프긴 한데 아주 고프진 않고, 그렇지만 분명히 배가 고프긴 고픈. 애매하면서도 기분 좋은 상태가 반복됐다.

종례 후 청소하고 있는 내게 서지형이 다시 다가왔다. 녀석은 청소를 하는 둥 마는 둥 하다가 또 시비를 걸었다.

"그렇게 크려면 대체 몇 시간을 자야 하냐?"

일부러 녀석을 쳐다보지 않고 묵묵히 청소에 집중했다.

"야, 너 야한 생각 존나 하지? 그래서 키도, 머리카락도 막 자라지?"

걸레질을 멈췄다. 대걸레를 홱 밀쳤더니 쿵, 하는 소리와 함께 바닥에 쓰러졌다. 나는 성큼성큼 녀석 앞으로 다가갔다. 녀석은 해볼 테면 해보라는 눈빛으로 나를 쏘아봤다. 아무리 자기가 키가 좀 작아도 여자한테 질 리 없다는 듯 쫄지 않았다.

"너, 말이 좀 심하다."

그때 어떤 애가 녀석과 나 사이에 훅 끼어들었다. 나는 나만큼이나 키가 큰 그 애를 홱 돌아봤다.

"넌 뭔데 끼어들고 난리야?"

"아, 미안. 내가 끼어들 일 아닌 거 아는데, 듣는 내가 기분이 나빠서."

윤건우였다. 반에서 나 다음으로 키가 큰 윤건우는 나랑 같은 영어 학원에 다니는 애였다. 나는 이 상황이 여러모로 기분 나빴다. 내가 다가가도 전혀 쫄지 않던 녀석이 건우의 한 마디에 긴장하는 낯빛이 되었다는 사실도, 내가 직접 해결해야 하는 문제에 남이 끼어들었다는 사실도 아주 못마땅했다.

“좀 빠져 줄래?”

가시 돋친 내 목소리에 건우는 두 손을 한꺼번에 들어 올리며 항복한다는 표시를 했다.

“사과해.”

내가 서지형에게 바짝 다가가 말했다. 녀석은 금세 표정을 바꿔 능글맞은 웃음을 실실 흘렸다.

“야, 농담도 못 하냐. 요즘 여자애들 왜 이렇게 빡빡해.”

그 말을 남기고 녀석은 미꾸라지처럼 교실을 빠져나갔다. 끝까지 녀석을 따라가려다가 그만두었다. 수학 과외가 있는 날이었는데, 아직 숙제를 다 하지 못해 마음이 급했다. 남은 청소를 마저 다 끝내고 교실을 나오는데, 건우가 가방을 메는 모습이 보였다. 고맙다는 인사를 해야 하나? 내가 왜? 무시하고 교실에서 나왔다.

건널목을 몇 개 지나 버스 정류장에 서 있는데 누가 내 팔을 툭 쳤다. 핸드폰에 꽂혀 있던 시선을 잠깐 들었다. 또 건우였다.

“아깐 미안했어.”

"알겠어."

나는 부러 딱딱하게 대답했다. 더는 말을 걸지 말라는 신호였는데 그 애는 알아먹지 못했다.

"너 영어 잘하더라. S반이지?"

S반은 영어 학원 톱클래스다. 건우는 그 아랫반인 A반인 것으로 알고 있다. 건우도 영어 성적이 괜찮은 편이란 소리다.

"응."

"수학 학원은 어디 다녀?"

"과외 해."

"아, 그렇구나. 혼자?"

"응."

얼른 마을버스가 오기를 바랐다. 설마 나와 같은 버스를 타지는 않겠지.

"나도 수학 과외 하고 싶은데 선생님 구하기 어렵더라."

"……."

나는 버스 도착 알림 앱만 하염없이 바라봤다. 새로 고침을 누르고 또 누르면서 속으로 같은 문장을 외웠다. 빨리 와라. 빨리.

"그 선생님 팀 과외는 안 하셔? 내가 끼면 좀 그렇겠지?"

버스가 구세주처럼 등장했다.

"나 버스 와서."

그 말을 바람처럼 남기고 서둘러 버스를 탔다. 휴, 나도 모르게 입에서 안도의 한숨이 나왔다. 건우는 일상적인 질문을 한 것뿐이었는데 왜 그렇게 긴장했던 걸까. 건우가 태권도는 물론이고 주짓수로 다져진 무술 능력자라는 소문 때문에? 무술 잘하는 남자들이 무조건 위험하다는 생각은 편견이다. 당분간 연애보다 공부에 집중하는 건 좋지만, 그게 남자애들과 적대 관계를 맺겠다는 건 아니었는데. 내가 왜 이러는지 혼란스러웠다.

5

수학 과외를 마치고 침대에 벌렁 누웠다. 오늘 벌어진 일들이 미처 소화되지 못한 채 머릿속을 둥둥 떠다녔다. 앞으로 키가 더 클 것 같은데, 어쩌지. 서지형이 계속 나를 놀리면 어떻게 맞서 싸워야 하지. 이모한테 당장 달려가고 싶었지만 참았다. 계약한 원고 마감이 코앞이라던 이모 말이 떠올랐기 때문이다.

엄마가 자주 하던 말이 있다. 좋은 일 안에 나쁜 일의 씨앗이 심겨 있고 나쁜 일 안에 좋은 일의 씨앗이 심겨 있는 법이라고. 아빠 사업이 망한 것은 나쁜 일이었지만, 그 덕에 공기 좋은 시골로 내려올 수 있었다고. 농사를 짓는 일이 고단하지만 빨갛게 익어가는 토마토를 보면 참 대견하고 하늘을 날아오를 듯 기분 좋다고. 엄마한테 전화해 따져 묻고 싶었다. 오늘 벌어진 이 나쁜 일에 숨은 좋은 일이 대체 뭐냐고. 내 아이큐로는 아무리 생각해도 이건 그냥 나쁜 일인 것 같은데, 이럴 땐 어떻게 대응해야 하냐고.

할머니가 집에 들어오는 소리가 들렸다. 방문을 열고 나가 대충 인사를 했다. 할머니는 밥을 먹었는지 묻고는 자기 방으로 쏙 들어갔다. 굳게 닫힌 방문을 보는데 국어 수행 과제가 떠올랐다. 나의 가장 큰 약점이 국어였다. 원하는 점수를 받기 위해선 수행 평가라도 잘해야 했다. 어떻게든 할머니와 인터뷰를 성사시켜야 하는데…….

할머니는 늘 에너지가 넘쳤고 몹시 바빴다. 복지관에서 할머니보다 나이 많은 분들께 컴퓨터와 한글을 가르쳤고, 어린이 박물관 아기방에서 아기들을 돌봐 주는 자원봉사를 했으며, 일주일에 두 번 반드시 목욕탕엘 갔다. 모임도 많았다. 독서 모임, 뜨개질 모임, 영어 회화 모임 등 여러 모임에서 회장직을 맡아 왕성하게 활동했다. (어떨 때 보면 중학생인 나보다 체력이 좋아 보인다.) 친구도 엄청나게 다

양하고 많았다. 그러니 인터뷰 일정을 잡으려면 최소한 며칠 전에 미리 일정을 물어봐야 할 텐데 지난주에 다투고 며칠 전에 또 한바탕한 뒤로 나는 할머니한테 눈길조차 주지 않고 있다.

나와 척척 잘 맞는 사람이 드물다는 건 알고 있었지만, 할머니는 나와 너무도 달랐다. 도통 눈을 씻고 찾아봐도 공통점을 찾아볼 수 없었다. 할머니는 몸 관리 빼고는 뭐든 설렁설렁, 대충대충 하는 대충왕인데 나는 매사 완벽주의자다. 할머니는 둔감한 편인데 나는 무척 까다로운 예민보스다. 할머니는 목욕탕 마니아였고 나는 목욕탕이라면 질색이었다. (목욕탕은 내 위생 관념과 전혀 맞지 않는 위험한 곳이다.) 할머니는 6개월 한 번씩 여행하지 않으면 좀이 쑤셔서 견디지 못하는 여행 지상주의자였고, 나는 방콕이 세상에서 가장 좋은 여행이라고 생각하는 집순이다.

내가 좋은 고등학교에 가고 싶다고 하면 할머니는 어리둥절한 얼굴로 "왜?"라고 물었다. 내가 죽을 둥 살 둥 공부해 반드시 명문 대학에 가겠다고 말하면 할머니는 정말 이해가 가지 않는다는 얼굴로 "대체 왜?"라고 물었다. "그냥."이라고 말하려다가 도저히 이 일만은 넘어갈 수 없어 할머니한테 따지듯이 물었다.

"그거보다 더 중요한 게 뭔데요?"

할머니는 깊이 팬 팔자 주름을 실룩이며 낭랑한 목소리로 말했다.

"밥 잘~ 먹고 잘~ 자고 잘~ 싸는 게 가장 중요하지."

헐. 진심으로 어이가 없어서 대꾸조차 못 했다. 명문 대학보다 잘 먹고, 잘 자고, 잘 싸는 게 중요하다고? 이 무슨 개뼈다귀 같은 소리인가.

나에게는 아주 분명한 인생 로드 맵이 있다. 보란 듯이 좋은 대학을 나와 좋은 직장을 얻어 이 도시에 정착할 것이다. 모두가 부러워하는 삶을 살 것이다. 무슨 일이 있어도 절대 엄마 아빠가 있는 시골로 돌아가지 않을 테다. 그러려면 반드시 좋은 대학에 가야 한다.

공부에 취미가 없는 승희는 앞으로 대학 따위는 중요하지 않을 거라고 믿었다. 사회가 빠르게 변하고 있고, 앞으로 우리가 사회에 진출할 때는 지금과 많이 다를 거라나. 그러니 더는 학벌이 중요하지 않을 거라고 말했다. 공부를 곧잘 하지만 자기가 하고 싶은 일이 따로 있다는 지민이는 확신했다. 자기가 일하고 싶은 분야는 철저히 능력 위주라고. 앞으로는 학벌보다는 실력이라고. 과연 그럴까? 잘 모르겠다. 사회가 변하는 속도에 사람들이 따라가지 못하는 느낌이다. 아직도 취직하고 성공하려면 좋은 대학을 나와야 한다는 사실이 변함없는 진실로만 느껴진다. 이렇게 생각하는 사람이 나뿐만은 아닐 거다.

거실 소파에 앉아 핸드폰을 하는 척하면서 할머니 동태를 살폈다. 할머니는 세수를 하고 나오더니 거실에 요가 매트를 펼쳤다. 할머니는 하루의 시작과 마무리를 요가와 함께했는데, 실력이 장난 아니다. 난이도가 높은 동작까지 막힘없이 해내며 깊이 숨을 들이마시고 내쉬었다. 할머니의 엄청난 에너지와 빡센 일정을 소화하는 능력은 철저한 자기 관리에서 비롯되었다.

'나마스테'를 읊조리며 요가를 마무리한 뒤 할머니는 방으로 쑥 들어갔다. 방문 앞으로 다가가 귀를 갖다 댔다. 텔레비전인지 라디오인지 활기차게 떠드는 목소리가 들렸다. 곧 할머니가 잘 시간이었다. 마음이 급했다. 할까 말까 망설이다가 눈을 질끈 감고 방문을 두드렸다. 똑똑.

"아직 안 자. 들어와."

쭈뼛쭈뼛 방문 손잡이에 매달린 채 동정을 살핀다. 할머니는 물끄러미 나를 바라보더니 나긋하게 말한다.

"부탁할 거 있구나? 말해 보렴."

내 얼굴에 부탁할 게 있다고 쓰여 있기라도 한가? 괜히 민망해진 나는 흠흠, 목소리를 가다듬었다. 할머니는 이런 식이다. 분명 지난주에 말다툼을 했고 내가 할머니한테 빽빽 소리를 질렀는데 할머니는 화 한 번 내지 않았다. 그런 일이 있었다는 걸 다 잊은 사람처럼 평소처럼 나긋하게 나를 대했다. 할머니가 매번 이렇게 나오니 내 기분만 처참했다. 화를 낸 것도 모자라 일주일 내내 혼자 꽁하고 있던 나를 속 좁은 얼간이로 만드니까.

"수행 평가 때문에 할머니 인터뷰해야 해요. 시간 내 줄 수 있어요?"

할머니는 협탁 위에 놓인 달력을 집어 든다.

"어디 보자. 급한 거니?"

"네."

말 잘 듣는 온순한 양 한 마리가 되어 나는 몸을 배배 꼰다. 달력을 오래도록 바라보는 할머니의 느긋한 행동 때문에 속에서 불이 나지만 참는다. 지금은 무조건 참아야 한다.

“금요일 어때?”

“좋아요.”

뒤돌아 얼른 방을 나서려는데 할머니의 기운찬 목소리가 내 뒤통수에 들러붙는다.

“인터뷰해 주면 소원 하나 들어줄래?”

우리 할머님이 이렇다. 평범함은 거부하는 저 스페셜함. 과제를 미끼로 손녀와 거래부터 하려고 들다니. 참으로 대단하시다.

“뭐 해 줄까……요?”

반말이 튀어나오려는 걸 겨우 참았다. 쉽게 넘어가나 했더니 역시 아니었구나.

“안 그래도 부탁할 게 하나 있었거든.”

할머니가 손짓을 해 나는 방문 손잡이를 놓고 침대 끄트머리에 살짝 걸터앉았다. 할머니가 조곤조곤 꺼내는 이야기를 듣는 동안 내 두 눈은 점점 커지다 못해 휘둥그레졌다. 당황함을 지나고 놀람을 넘어 내 얼굴은 조금씩 일그러졌고 등줄기로 식은땀이 쪼르륵 흘렀다. 내가 잘못 들은 건가 싶어 되물었다.

"네?"

할머니는 도도한 미소를 지으며 유쾌하게 말했다.

"나 썸 타는 거 도와줄래?"

6

정말 많은 일이 벌어진 하루다. 어수선하고 엉망진창이었던 하루의 문을 얼른 닫고 싶은 마음에 세수를 대충 하고 싶었지만, 내 사전에 대충이란 있을 수 없다. 그건 할머니 사전 속 단어일 뿐이다. 꼼꼼히 세수하고 양치질을 한 뒤 침대에 누웠다. 아무 생각 없이 잠에 빠지고 싶었는데 잠이 오지 않는다. 몸을 이리저리 뒤척이는데 핸드폰이 울렸다. 이 시간에 누구지? 몸을 살짝 일으켜 화면을 확인했다.

"엄마? 무슨 일이야?"

농사일 때문에 일찍 자고 일찍 일어나는 엄마가 어째서 이 시간까지 잠을 안 자고 있지? 예감이 좋지 않았다.

"유정아, 잠깐 통화 가능하니? 엄마가 많이 고민하다가 전화했어."

엄마는 수학 과외 이야기를 꺼냈다. 과외 쌤이 며칠 전 전화를 했는데, 작년에 학생 한 명을 과학고로 보낸 바람에 과외 문의가 폭주해 상상 초월로 바쁘다고 했단다. 그러면서 새로 시작한 과외가 많아져 도저히 지금 과외비로 수업을 해 줄 수 없단다. 그 말인즉슨 과외비를 올려 주지 않으면 과외를 그만두라는 뜻이었다.

"유정아, 학원을 알아보자."

엄마의 타이르는 듯한 말투에 미간이 찌푸려졌다.

"엄만 내가 수학 망쳐도 좋아? 지금 선행 안 해 두면 나중에 고생한다니까. 고등학교 때 수학 성적이 얼마나 중요한지 알면서 그래?"

엄마 입에서 긴 한숨이 나왔다. 그 뒤로 이어진 엄마 말은 내 가슴을 꽉 막히게 만들었다.

"유정아, 엄마 마음도 안 좋아. 그래도 솔직히 말하는 게 좋을 것 같아. 엄마 아빠 처지에 네 과외비까지 대는 건 힘들어. 학원도 이미 여러 개 다니잖아. 더 해 주지 못해 미안하지만 어쩔 수 없잖니. 이해해 주렴."

힘이 다 빠진 목소리로 알았다고 대답했다. 더는 싸울 기운도, 의지도 남아 있지 않았다. 침대에서 일어나 창문가로 걸어갔다. 창문을 열었더니 제법 쌀쌀한 바람이 밀려들었다. 봄밤에 외로이 떠 있는 손톱만 한 초승달을 멍하니 올려다봤다.

가슴 밑바닥에서부터 똘똘 뭉친 화가 몸집을 부풀렸다. 왜 맨날 나만 이해해야 하는데? 갑자기 시골로 갈 때도 이해해 줬다. 코딱지만큼 작은 초등학교 다니면서 제대로 된 사교육 한 번 못 받았지만 참았다. 내 교육을 위해 아무것도 배려하지 않아 나 홀로 서울에 와야 했을 때도 그러려니 했다. 할머니와 사는 일이 쉽지 않았지만, 이거 말고 다른 방법이 없다고 했을 때도 넘어갔다. 그런데 또 뭘 이해하라고?

그래. 내 편은 하나도 없다. 엄마 아빠는 나의 인생 로드맵에 관심조차 없다. 내가 어떤 삶을 원하는지 물어본 적도 없다. 대충 고등학교만 나오란다. 여기서 같이 농사나 짓잖다. 인터넷 주문이 많아 홈페이지와 배송 관리를 야무지게 해 줄 사람이 필요하단다. 그런 말을 아무렇지 않게 했다. 와, 그 말을 들었을 때 정말 이를 박박 갈았다. 나보고 하늘이 돕고 비가 돕고 바람이 도와 풍성한 열매를 맺어도 토마토 한 상자에 겨우 몇만 원 받을까 말까인, 손해만 보는 삶을 살라, 이 말인가?

불현듯 건우 생각이 났다. 수학 과외를 찾는다고 했지? 팀 과외로 하면 과외비 부담이 줄어들 수 있다. 그럼 이 쌤과 계속 과외를 할 수도 있다. 아니, 꼭 그래야만 한다. 이 과외 쌤 수업이 무지 마음에 드니까. 왜 그 생각을 못 했지? 하늘이 무너져도 솟아날 구멍이 있다는 말이 이런 거 아닐까? 내일 학교에 가자마자 건우한테 이야기해 봐야겠다. 창문을 닫고 다시 침대에 누웠다. 이제 깊은 잠을 잘 수 있을 것 같다.

7

밤사이 키가 또 자란 게 분명하다. 교복을 입자마자 알아차렸다. 껑충 올라오는 교복 치마를 내려다보며 혼자서 고개를 절레절레 저었다. 강유정, 키가 아니라 성적이 쑥쑥 자라야 하는 거야. 알아들었니?

이 말 안 듣는 몸뚱이를 끌고 교실로 들어섰다. 서지형이 하릴없이 내 곁을 한 번 맴돌다가 교실을 빠져나갔다. 어휴, 저 조막만 한 걸 확 그냥. 자꾸 분노가 샘솟는다. 이러다가 분노 조절 장애가 생길 것 같아 심히 걱정스럽다. 국어 성적만 오르면 학원 끊고 주짓수를 확 배워 버려? 그런 생각을 하는데, 건우가 내 앞의 앞자리에 앉는 모습이 눈에 들어온다. 아, 맞다. 윤건우한테 말해 봐야지.

공책 맨 뒷장을 찢어 쪽지를 적는다. 수업이 시작되고 아이들이 분주히 자리에 앉는다. 쌤이 출석부를 만지작거리는 동안 앞에 앉은 아이한테 종이를 내민다. 그 애는 잠깐 종이를 내려다보더니 자기 앞에 앉은 건우 등을 툭툭 친다.

수업이 끝나갈 무렵 건우가 긴 팔로 종이를 내 앞 아이한테 쑥 내민다. 그 애는 귀찮다는 듯 팔만 뒤로 돌려 종이를 전달한다. "고마워." 나는 작게 소곤거린 뒤 얼른 종이를 펼친다. '수학 과외 할 생각 아직도 있니?'라는 질문 밑에 건우의 대답이 또박또박 적혀 있다.

콜!

쉬는 시간에 콧노래를 부르며 수학 문제를 풀고 있는데 승희가 뽀르르 달려왔다. 두 뺨이 발그레한 것이 좋은 일이 있어 보였다.

"정아, 정아, 정아!"

"왜, 왜, 왜?"

우리 승희, 기분 좋은 거 맞네. 승희는 기분이 아주 좋으면 같은 단어를 반복해 말한다.

"나 남친 생겼다."

승희가 마술봉처럼 핸드폰을 이리저리 흔들어 댔다. 핸드폰 화면이 퐁퐁 샘솟는 하트로 완전히 뒤덮여 있다. 그 사이로 어떤 남자애와 얼굴을 바짝 들이밀어 찍은 승희의 행복한 얼굴이 보였다.

"대박! 축하, 축하!"

"진심?"

"고럼, 고럼. SNS로 친해진 그 애?"

고개를 끄덕끄덕하는 승희 얼굴 위로 행복의 미소가 피어났다. '연애, 연애, 연애' 하고 종일 무한대로 외칠 수 있을 듯한 미소다. 연애, 좋은 거지. 자고 나면 한꺼번에 피어나는 벚꽃 때문일까. 코끝을 간질이는 꽃 냄새 때문일까. 누구보다도 행복해 보이는 승희의 미소 때문일까. 연애라는 단어에 어쩐지 내 마음도 간질간질하다.

15년 동안 지켜 온 모태 솔로에서 벗어나야 한다면 정말 멋진 남자를 만나고 싶다. 내가 찾던 이상형 그 자체인 사람을. 키는 적당히 크고 몸은 호리호리하고 목소리는 부드럽고 머리카락은 바람이 불 때마다 하늘거릴 정도로 얇고 가는 사람. 웃을 때마다 숨이 막힐 것 같은 미소를 짓는 사람. 유머 코드가 통하는 사람. 핑퐁처럼 대화가 끊임없이 이어지는 사람. 그런 생각을 하고 있는데 건우가 내 옆을 슥 지나쳐 자기 자리에 앉았다. 윤건우? 절대 아니다. 내 이상형과 거리가 먼 사람이 있다면 바로 재다. 나는 도리질을 치다가 뺨을 가볍게 두 번 쳤다. 쏟아지는 졸음을 무찔러야 할 때처럼.

모처럼 날아갈 듯한 기분으로 영어 학원에 다녀왔다. 엄마한테 팀 과외가 가능하다는 사실을 알렸고 엄마는 과외쌤과 바로 통화를 했다. 쌤은 자신의 상황을 배려해 줘서 고맙다는 인사를 했단다. 이렇게 나는 과외를 계속 받게 되었고 엄마는 과외비 부담을 쪼금 덜었다.

봄밤을 온몸으로 느끼고 싶어 할머니와 함께 쓰는 자전거에 올라탔다. 승희네 집을 지나 이모네 집 근처까지 단숨에 도착했다. 잠깐 자전거를 세웠다. 이모네 집을 하염없이 올려다봤다. 이모와 수다 떨고 싶은 마음과 이모를 방해하면 안 된다는 마음이 치열하게 다퉜다. 그러다가 뒤쪽 마음이 숭. 고개를 떨구고 있다가 자전거 페달에 발을 얹었다.

시장 입구를 지나 이모의 단골 호프집 앞을 스치는데, 어라? 이모다. 이모가 호프집 야외석에서 어떤 남자와 마주 앉아 호탕하게 웃고 있다.

호프집에서 멀찍이 떨어진 곳에 자전거를 세우고 이모한테 전화를 걸었다. 이모가 "오, 쩡이니?" 하며 반가운 목소리로 전화를 받았다.

"이모 지금 데이트 중?"

내 말에 이모가 화들짝 놀라며 주변을 두리번거렸다. 이모가 날 쉽게 발견할 수 있게 나는 두 팔을 번쩍 올려 흔들었다.

"잠깐만."

이모는 전화를 뚝 끊고는 앞에 앉은 남자와 말을 주고받았다. 그러더니 저벅저벅 내 쪽으로 걸어왔다. 이모가 환히 웃으며 내 등을 한번 쓰다듬었다. 나는 자전거에서 내렸고, 이모의 속도에 맞춰 걷기 시작했다. 우리는 이모 집 쪽으로 방향을 잡았다.

"데이트 방해한 거지? 반가운 마음에 전화한 건데……."

"괜찮아. 곧 헤어지려고 했어."

아무렇지 않은 목소리였지만 어쩐지 미안했다. 원래 말 많고 애교도 많은 이모가 오늘따라 별로 말이 없었다. 괜히 나까지 의기소침해졌다.

"유정아, 하나만 부탁하자."

"뭔데?"

"오늘 본 거 엄마한테 비밀로 해 줄래?"

이모가 말하는 엄마는 우리 엄마를 뜻했다. 한마디로 엄마한테 입을 꾹 다물어달라는 소리였다. 나는 이모의 옆얼굴을 건너다보다가 물었다.

"애인 맞구나?"

이모는 고개를 한 번 까닥거렸다.

"애인 있다고 하면 네 엄마가 바로 둔둔리 할머니한테 말할 거고 그럼 어떻게 될지 너도 알지?"

마치 이모 또래의 어른이라도 되는 것처럼 나는 입술을 쑥 내밀며 말했다.

"비혼의 길은 멀고도 험하네."

"세상에 쉬운 일은 없지."

이모는 봄의 기운을 들이마시고 싶다는 듯이 깊이 호흡

하다가 이어 말했다.

“근데 이모는 지금 딱 좋아. 저 사람 만난 것도 좋고, 지금 하는 일도 마음에 들고. 그럼 된 거지 뭐.”

이모는 불안하지 않아? 프리랜서로 산다는 거, 불안한 거잖아. 연애도 그래. 지금은 괜찮은 사람 같아 보여도 헤어질 때는 완전 다른 사람이 될 수도 있는 거잖아. 그 사람이 정말 믿어도 될 만한 사람인지 어떻게 확신해?

이모한테 묻고 싶은 것이 또 백 가지나 됐다. 왜 다른 사람한테는 생기지 않는 질문이 이모만 만나면 샘솟을까. 머릿속에 떠오른 백 가지 질문 중 딱 하나를 골라야 한다니. 절로 비통한 심정이 되었다.

“애인은 뭐래? 이모의 비혼을 존중해?”

“저 친구도 비혼이야. 나한테 딱 맞는 사람이지.”

대박. 어떻게 딱 비혼주의 남자를 만났을까. 이모는 진짜 복이 많구나. 부러웠다. 이모 얼굴에 은밀히 퍼지는 저 만족감과 야릇한 자부심. 나도 이모처럼 저런 표정을 짓는 어른이 될 수 있을까?

“이모 룸메이트도 비혼이야?”

나는 이모의 룸메이트 ‘그분’도 궁금했다. 이모의 입을 통해 전해 들은 그분은 매력 쩌는 인물이었는데, 아직 한 번도 만난 적이 없어 아쉽다. 그동안 들은 바에 따르면 그녀는 잡지사 기자이고, 매일 야근을 밥 먹듯이 한다고 했다.

"아니 걔는 비혼 선언한 적 없어. 애인도 있고."

그렇구나. 모두들 연애를 하는구나. 왠지 나 빼고 세상 모든 사람이 썸을 타는 듯한 착각이 일었다. 심지어 할머니까지 썸을 타고 싶다고 하니 말 다 했지.

이 기분 좋은 봄밤이 나를 유혹하지만 나는 아직 단호하다. 아직은 연애를 하고 싶지 않다. 썸을 타느라 중간고사를 망친다면 스스로를 용서하지 못할 것 같다. 내 눈이 높은 것도 사실이고. 어쩌겠나. 마음에 드는 남자를 만날 때까지 기다려야지.

어쨌든 난 내가 이상하다고 생각하지 않기로 했다. 모두가 다 한다고 그게 정답은 아니다. 모두가 다 한다고 나까지 반드시 그 일을 해야 하는 건 더욱 아니다.

이모한테 할머니 이야기를 털어놓고 싶었지만, 참았다. 연애를 한 번도 해 본 적 없는 모태 솔로인 내가 할머니 썸을 도와줘야 한다는 이 기막힌 사실을, 다 말해 버리고 싶은 마음이 굴뚝같았지만 참았다. 할머니 사생활이니까 보호해 줘야지. 그런데 무슨 수로 할머니의 썸을 성공시키지? 어쩌다가 상황이 이 지경까지 꼬였지? 인생이란 정말 한 치 앞도 알 수 없는 거구나. 할머니와 무턱대고 거래해 버린 나 자신이 원망스러웠다. 머리를 몽땅 쥐어뜯고 싶은 심정이었다.

8

금요일 밤. 저녁을 야무지게 먹고 첫 인터뷰를 진행했다. 할머니와 식탁에 마주 보고 앉았다. 내가 질문을 던지면 할머니는 잠깐 생각한 다음 대답했다. 걱정과 달리 순조롭게 진행되는 듯 보였는데 역시나 꽝이었다.

모든 일에는 철저한 준비가 필요한 법이다. 할머니와 인터뷰하는 횟수를 적게 하기 위해서라도 완벽한 준비가 필요했다. 인터뷰 요령을 검색창에 넣고 관련 내용을 모조리 읽었다. 너무 많은 글을 한꺼번에 읽어 소화 불량이었지만, 하여튼 질문을 많이 준비하면 괜찮을 거라는 확신이 들었다. 질이 아니라 양으로 승부를 보자.

첫 질문을 던지려는데 마음이 어수선했다. 긴장감인지 어색함인지 헷갈리는 정체불명의 감정이 나를 사로잡았다. 과연 인터뷰가 순조롭게 진행될까? 할머니는 좋아하는 쿠키를 오물거리며 질문을 기다렸다. 할머니 얼굴에 야릇한 홍분이 어려 있어 더 긴장됐다. 물을 한 모금 마시고 준비한 질문을 던졌다.

"태어난 곳이 어디예요?"

"강진이지."

"강진의 매력을 꼽는다면요?"

"들녘이야. 추수하기 직전에 노랗게 물든 땅이 얼마나 아름다운지 몰라."

할머니는 나를 여기에 두고 곧바로 강진의 들녘으로 가버린다. 눈앞에 아름다운 풍경이 펼쳐지고 있는 듯 맑은 미소를 짓는다.

"어린 시절은 어땠어요?"

"뭐, 평범했지."

쿠키를 내려놓고 할머니는 충분히 우린 찻물을 찻잔에 따랐다.

"아빠한테 듣기로는 유복한 편이었다고."

"그랬지. 밥 굶는 사람들이 제법 있던 시절이었는데, 밥 한 번 굶은 적 없었으니까. 내 팔자 괜찮았지. 네 할아버지를 만나기 전까지 말이야."

벌써부터 할아버지 이야기가 나오면 곤란한데. 지금은 할머니 어린 시절 이야기에 집중해야 하는데. 되도록 시간 순서에 따라 할머니 이야기를 들으면 글을 쓸 때 덜 힘들 거라고 계산하고 있었다.

"학창 시절에 가장 기억에 남는 에피소드가 뭐예요?"

할머니는 커피를 제외한 대부분의 차를 좋아하는데, 그중에서도 특히 루이보스차를 좋아한다. 이런 것도 과제를 할 때 도움이 되려나? 일단 적고 보자. 찻물로 입을 한 번 헹구고는 할머니가 입을 열었다.

"어디 보자. 기억에 남는 일이라……."

갑자기 할머니가 아이처럼 손뼉을 탁 부딪쳤다.

"내가 네 나이였을 때 집에 도둑이 들 뻔했어. 아버지는 근무지가 멀어서 평일에 집에 없었고 오빠도 친구 집에서 잔다고 없는 날이었지. 창문 밖에 시커먼 그림자가 어른거리더니 천장이 무너지는 소리가 들렸어. 도둑이 우리 집 천장을 밟고 건너편 집으로 넘어간 소리였어. 엄마랑 단둘이

서 어찌나 떨었는지 몰라. 아, 맞다. 그리고 그다음 해 연탄가스를 마시고 죽을 뻔했단다. 동치미 국물 마시고 겨우 살았어."

연탄가스 이야기는 흥미로웠지만, 인터뷰 과제용은 아니었다.

"할머니, 저 지금 수행 평가 과제 하는 거 알죠?"

"알지."

"수행 평가라서 사실만 써야 해요. 소설이 아니라 인터뷰 글쓰기니까요."

순식간에 할머니 표정이 변했다. 방금 받은 빵을 빼앗긴 아이처럼 서운함이 잔뜩 묻어 있는 얼굴이었다.

"소설 아니야. 진짜 있었던 일이라니까. 그때는 집들이 낮고 허술한 데다가 집과 통하는 쪽문이 여러 개라 도둑이 어디로 들어올지 알 수 없었거든. 홍길동처럼 담벼락 넘고 지붕 타고 다니고 그랬어. 거짓말 같니?"

그런 뜻으로 한 말은 아니었다. 다만 중학생 수행 과제에 어울리는 에피소드를 골라 달라는 뜻이었는데, 할머니 기분을 상하게 한 모양이었다.

"그런 뜻이 아니라요."

"아휴, 오늘 일정이 많아서 좀 피곤하네. 나머지는 다음에 할까?"

아니, 준비한 질문 백 개 중 딱 하나 던졌는데 피곤하다고요? 이런 식이면 썸을 도와달라는 할머니 부탁도 공중분해되는 겁니다, 네?

할머니가 방으로 쑥 들어가 버렸다. 나는 닫힌 방문을 노려보다가 진절머리를 쳤다. 정말 안 맞는다.

지난주에 벌어진 말다툼만 해도 그렇다. 봄이 왔으니 이불을 빨아 달라고 부탁했다. 그랬더니 할머니는 이불은 자주 세탁할 필요가 없다면서 같이 꽃구경을 가자고 졸랐다. 꽃구경은 혼자 가시고요, 제발 좀 빨래를 제대로 해 주시면 안 될까요? 수건이랑 걸레가 구분이 안 되는 건 심각한 거예요. 빨래에서 나는 쿰쿰한 냄새가 할머니 코에는 안 나요? 이렇게 말하려다가 참고 최대한 정중히 말했다.

"집 먼지 알레르기 때문에 엄마는 매달 이불을 빨아 줬어요. 그래야 비염으로 발전되지 않는다고요."

그랬더니 할머니는 새치름한 얼굴로 나긋나긋 말했다.

"빨래를 너무 자주 해서 알레르기가 안 낫는 걸 수도 있어, 얘."

"아니라니까요! 청결이 중요하다니까요!"

나는 소리를 빽 질렀다. 그런데도 할머니는 표정 하나 바뀌지 않았다.

"너무 깔끔떨면 복 나간다니까."

그러더니 할머니는 지금 당장 꽃구경을 가야 한다고 내 손을 잡아끌었다. 요 앞 공원의 황매화가 얼마나 아름답게 피었는지 꼭 봐야 한다나. 마지못해 끌려갔는데, 할머니는 꽃을 볼 생각에 기분이 들떠 내 기분이 얼마나 별로인지 모르는 듯했다.

집으로 돌아오는 길에 할머니는 흐드러지게 피어난 이팝나무를 올려다보며 말했다.

"애틋하지 않니?"

나는 모든 것이 귀찮아 아무 대꾸도 하지 않았다.

"이 꽃들이 곧 사라진다는 사실이 슬퍼."

그러면서 할머니는 허리를 굽혀 이름을 알 수 없는 화초 이파리를 쓰다듬었다. 그러거나 말거나 나는 주말에 코인 세탁소에 가서 이불 빨래를 직접 해야겠다고 생각하고 있었다. 그러는 사이 할머니가 천천히 허리를 폈는데, 그때 나는 보고야 말았다. 할머니의 눈가가 촉촉이 젖어 든 것을.

봄과 여름에 꽃들이 피어나다가 가을이 되면 모두 진다. 겨울의 추위를 견딜 준비를 하는 거다. 자연의 법칙이다. 그게 왜 애틋하고 슬프다는 건지 알 수 없었다.

설거지 다툼도 그랬지만 할머니와 몇 번 다투고 나서 나는 두 손 두 발 다 들었다. 엄마 아빠는 물론이고 어디 가서 말다툼으로 져 본 적이 없는 나였는데 할머니는 단연코 강적이었다. 부드러울 때는 한없이 부드럽다가도 단호할 때는 강철보다 단단했다.

첫 인터뷰를 홀러덩 말아먹었다. 이렇게 심하게 망할 줄은 몰랐다. 앞으로 남은 인터뷰를 어떻게 진행하지? 그냥 수행 평가 확 포기하고 빵점을 맞아 버려? 그럼 등수가 얼마나 밀리려나? 국어 점수를 완전히 말아먹고도 자사고에 갈 수 있을까? (나의 목표는 기숙사가 딸린 자사고에 합격하는 거다. 그래야 할머니와 따로 살 수 있으니까.)

불안과 걱정이 연달아 밀려들었다. 오늘 밤도 편히 자긴 글렀다.

9

다음 날 저녁, 건우가 우리집에 왔다. 건우가 도착하고 몇 분 뒤 수학 쌤도 모습을 드러냈다. 방 가운데에 펼쳐 둔 커다란 상에 다 같이 앉았다. 쌤은 건우 실력을 테스트해 보자며 준비한 문제지를 내밀었고, 나는 지난번 테스트 때 틀렸던 문제들을 오답 노트에 빼곡히 적기 시작했다.

문제를 풀다 보니 지우개 똥이 많이 나와 거슬렸다. 자리에서 일어나 쓰레기통을 가져왔다. 지저분한 애들을 한꺼번에 모아 쓸어 담았다. 지우개가 닿은 손이 지저분해졌다. 주머니에서 손 소독제를 꺼내 손바닥에 뿌렸다. 지우개를 만질 때마다 그랬다. 그 모습을 쌤과 건우가 번갈아 힐끔거렸다.

할머니가 방문을 두 번 두드리더니 호두과자와 우유를 건넸다. 건우가 벌떡 일어나 두 손으로 쟁반을 받으며 고개를 숙였고 쌤은 잘 먹겠다는 인사를 빠트리지 않았다. 바쁘신 분이 웬일로 집에 다 있을까. 그런 눈빛으로 나는 할머니를 새침하게 흘겨보다가 말았다. 분명 할머니가 껍질을 다 벗긴 호두과자 옆에 미니 포크를 세 개 갖다줬는데도 쌤은 "맛있겠다."를 외치며 손으로 호두과자를 집었다. 나는 순간 참지 못하고 포크를 홱 내밀었다.

"쌤, 포크로 드세요."

쌤은 상관없다는 듯 가볍게 손사래를 치더니 그대로 호두과자를 입에 넣기 일보 직전이었다. 나는 다시 한번 포크를 쌤 코앞까지 내밀었다.

"여기 오신 뒤로 손 한 번도 안 씻으셨잖아요."

냉랭한 내 목소리에 쌤은 기죽은 아이처럼 포크를 받아 들었다. 손에 들고 있던 호두과자를 내려놓고 포크로 다른 호두과자를 찍었다.

"유정아, 선생님이 한번 말하고 싶었는데 말이야."

우유를 마시다 말고 쌤을 바라보았다.

"깔끔한 건 좋지만 지나치게 예민하면 피곤해. 너 나중에 기숙사 생활하고 싶다며. 다른 애들이랑 같이 방 쓰고 공용 화장실, 세탁기 써야 하는데 이래서 할 수 있겠어?"

뭐라고 대꾸하고 싶었지만, 그냥 입을 다물었다. 할머니와의 신경전만으로도 충분히 피곤했다. 대기 학생이 줄을 선다는 쌤과 싸워 봤자 득 될 게 뭐가 있겠는가.

수업을 20분 정도 남겼을 즈음 쌤이 잠깐 화장실에 갔다 올 테니 마지막 문제를 풀고 있으라고 했다. 쌤이 방문을 닫고 나가자마자 건우가 말을 걸었다.

"있지, 예민한 건 좋은 거래."

나는 시큰둥하게 되물었다.

"누가 그래?"

건우는 커다란 몸집에 어울리지 않게 바보 같은 웃음을 흘렸다.

"음, 내가."

"아, 네."

한껏 비꼬는 어조와 달리 풋, 하고 웃음이 터져 나왔다. 뭐지? 상황에 전혀 어울리지 않는 이 웃음은? 한번 터진 웃음은 그칠 줄을 몰랐다. 얼굴 근육이 주인 말을 전혀 듣지 않았다. 계속 흘러나오는 웃음을 간신히 멈췄는데 건우가 말했다.

"난 너무 둔해서 예민한 사람 보면 부럽더라고."

"부럽긴. 쌤 말이 맞아. 완전 피곤해. 쓸데도 없고."

"그건 모르는 거야."

제법 진지한 투로 말하는 건우를 물끄러미 건너다봤다. 건우의 갈색 눈동자가 형광등 불빛을 받아 잠깐 반짝였다.

"잘은 모르지만, 예술가나 전문가는 대부분 예민한 사람이지 않을까?"

마음이 꿀렁였다. 예민한 데다가 결벽증이 심한 완벽주의자를 반기는 사람은 없었다. 나를 이 세상에서 가장 사랑하는 엄마조차도 가끔은 힘겨워했다. 나 스스로도 나 자신이 버겁고 징글맞을 때가 많았다. 그런 내가 부럽다고? 진심인 걸까?

예민해도 괜찮다고 말해 주는 사람은 한 명도 없었다. 그렇게 말해 줘서 좀 고마웠다. 그런 마음을 들키고 싶지 않아 얼른 고개를 숙여 버렸다.

"이 호두과자 맛있다."

갑작스레 밀려든 어색함이 이상했는지 건우가 다시 입을

열었다.

"그래?"

내 말이 끝나기 무섭게 건우의 손이 저돌적으로 다가왔다. 예상치 못한 움직임에 당황한 나는 움찔했다. 옹송그린 내 어깨를 알아차린 건우의 얼굴이 시뻘게졌다.

"미안. 놀랐구나."

건우의 손에는 호두과자가 꽂힌 포크가 있었다. 왜 움찔한 거지? 건우는 그냥 호두과자를 내민 것뿐인데? 미안하고 뻘쭘했다. 건우의 몸짓에 저절로 움츠러든 행동이 민망해 얼굴이 달아올랐다.

수업이 다시 이어졌다. 건우는 아무 일 없었다는 듯 금방 수업에 집중했지만, 내 마음은 편하지 않았다. 대체 왜 이러는 걸까? 건우의 행동 하나하나에 과도하게 긴장하는 스스로에게 처음으로 의문이 들었다. 지민이 말대로 원인 없는 결과는 없다. 이 현상에도 원인이 있을 것이다. 나조차 모르는 진짜 원인이…….

10

매점에서 초콜릿과 초콜릿이 들어간 과자를 잔뜩 사 보건실로 향했다. 생리통이 심한 지민이가 창백한 얼굴로 누워 있었다. 초콜릿을 내밀자 지민이는 잠깐 기운 없는 미소를 지었다. 생리통이 심할 때 초콜릿을 먹어 주면 반짝 기운이 난다. 통증이 줄어드는 듯한 착각이 든다.

"너희 인터뷰 과제 하고 있어?"

초콜릿을 한 입 베어 물며 지민이가 물었다.

"난 아직. 섭외도 못 했어."

승희가 초코과자를 입에 마구 집어넣은 뒤 웅얼거렸다.

"아직도? 어쩌려고?"

"그냥 대충 지어내지 뭐. 쌤이 신도 아니고 어떻게 알겠어?"

오호라, 그런 방법이 있었지. 나도 인터뷰 당장 때려치우고 이야기를 지어낼까? 인터뷰 관련 책을 수십 권 읽으면 나름 괜찮게 지어낼 수 있지 않을까?

"유정이 너는?"

"하고는 있는데 진도가 안 나가. 우리 할머니 알잖아."

우리 할머니? 스스로를 비꼬아 주고 싶었다. 언제부터 할머니랑 친했다고 '우리'를 붙이냐. 할머니를 '우리 할머니'라고 느낀 적도 없으면서.

"이모한테 물어봐."

"이모?"

"기자였다며. 인터뷰 달인일 거 아니야."

그렇지! 이모는 기자 출신 프리랜서지. 초콜릿을 우걱우걱 씹으며 나는 비장하게 고개를 끄덕였다. 이모한테 인터뷰 노하우를 전수받으면 할머니와의 두 번째 인터뷰는 첫 번째와 다를 수 있지 않을까?

종례가 끝나자마자 이모 집으로 향했다. 꽃가루가 이리저리 휘날렸다. 옷소매로 입과 코를 막고 걸었는데도 재채기가 튀어나왔다. 에취, 하다가 다시 막 달리다가 잠시 뒤 멈춰 서서 다시 재채기를 했다. 꽃가루 알레르기가 이 정도로 심하지 않았는데, 서울에 온 뒤 심해진 것 같다. 가방에서 휴지를 꺼내 콧물을 닦았다.

숨을 헐떡이며 거실에 들어서는 내게 이모는 토마토 한 봉지를 내밀었다. 오늘 이모한테 물어볼 것도, 들을 것도 많으므로 군소리 없이 재료를 받아들었다. 일단 토마토와 양파를 썰고 식초, 레몬즙, 설탕을 넣어 살사소스를 만들었다. 남은 토마토는 양파, 파프리카를 넣고 뭉근히 끓여 토마토소스로 변신시켰다. 이렇게 직접 토마토소스를 만들면 마트에서 사 먹는 소스보다 훨씬 깊은 맛이 난다.

"어쩜 넌 이렇게 손이 야무지니."

이모는 나초에 살사소스를 올려 입에 넣으며 감탄사를 연발했다.

"이모도 우리 엄마 같은 사람이랑 살아 봐. 요리 실력이 좋아질 수밖에 없을 테니까."

"그럴까? 나 같은 똥손도?"

시골로 내려가 농사를 짓기 시작하면서 엄마는 쉴 틈 없이 바빴다. 요리와 설거지 같은 집안일은 내가 도맡을 수

밖에 없었다. 요리에 관심이 없는 데다가 요리 실력이 젬병인 엄마와 달리 나는 손맛이 좋았다. (둔둔리 할머니, 엄마, 이모는 자타공인 알아주는 똥손이었다.) 블로그로 요리를 배우면서 나날이 더 맛있어지는 음식을 먹는 일은 즐거웠다. 게다가 이모 말대로 나는 황금손이어서 일러스트는 물론이고 바느질, 뜨개질까지 곧잘 했다.

"배부르다."

남은 소스까지 싹싹 긁어 먹은 이모는 부풀어 오른 배를 탕탕 두드렸다. 배부르다는 핑계로 바닥에 눕기 전에 맛있게 탄 커피를 내밀었다. 이모는 세상을 다 가진 사람처럼 여유로운 미소를 띠며 콧노래를 불렀다.

"이모, 인터뷰 완전 망쳤어."

할머니와의 첫 인터뷰를 솔직히 털어놓았다. 내 잘못을 감추고 싶은 마음을 몇 번이나 꾹 누르고 모든 걸 사실 그대로 말했다. 시시콜콜한 잘못까지 솔직하게 인정하고 이야기하는 일에는 큰 용기가 필요했다.

"무슨 일이 있어도 인터뷰이의 말에 끼어들거나 제멋대로 판단하면 안 돼. 경청이란 말 알지? 무조건 경청해야 해."

기자 생활을 하던 시절로 되돌아간 듯 이모는 아주 진지

한 목소리로 말했다. 인터뷰어는 인터뷰에 기꺼이 응해 준 인터뷰이의 말을 무조건 잘 들어야 한다. 나는 핸드폰 메모장에 이모의 말을 받아 적었다.

"그리고 녹취했니?"

나는 천천히 고개를 저었다.

"녹취해야 해. 그건 기본 중의 기본이야."

이모는 메모지를 가져와 '녹취 필수'라고 적었다. 핸드폰 녹음 기능을 이용하고 동시에 이중으로 메모도 한다. 나중에 녹취를 풀면서 어떤 방향으로 글을 쓸지 정하기 때문에 녹취는 아주 중요하다고 한다.

그 뒤 이어진 이모의 말들은 쉽진 않았지만, 인터뷰에 대해 쥐뿔도 모르는 내가 듣기에도 찐 노하우 같았다. 질문은 정확하고 쉬워야 한다. 너무 길어선 안 된다. 특정 방향으로 대답을 유도하거나 짧은 답변으로 끝나지 않도록 열린 질문을 던져야 한다. 가장 중요한 것은 관심과 배려다. 할머니한테 진심으로 관심이 있다면 할머니가 선택한 단어 하나, 책장에 꽂아 둔 책 한 권만 봐도 할머니에 대해 많은 것을 짐작할 수 있다. 반대로 관심이 별로 없다면 아무리 오랜 시간 인터뷰를 해도 좋은 결과물을 얻어 내지 못

할 것이다.

이모의 조언을 들으면 들을수록 분명해졌다. 첫 인터뷰를 망친 사람은 할머니가 아니라 나였다.

할머니가 어떤 삶을 살았는지 관심 없었다. 얼른 해치우고 싶다는 생각만 가득했다. 기본적인 관심 없이 인터뷰를 시작했으니 삐걱거리는 게 당연했다.

“이건 좀 어려운 이야기인데 그래도 할게. 할머니는 이럴 거야 저럴 거야, 미리 판단하지 않았으면 좋겠어. 할머니라는 사람들은 다 이렇지 뭐, 이렇게 전형적인 틀로 바라보면 절대로 좋은 인터뷰가 될 수 없어. 이모 말, 이해돼?”

이모는 손가락에 끼운 펜을 돌리면서 물었다.

“조금은 이해했어. 다는 아니고.”

이모는 펜을 내려놓더니 남은 커피를 마저 마셨다. 그러고는 바닥에 드러누우려고 했다. 나는 이모 팔을 붙들고 필사적으로 끌어당겼다.

“나 물어볼 거 또 있어.”

이모는 아이처럼 찡찡대다가 모든 것을 체념한 사람처럼 두 팔을 철퍼덕 테이블 위에 다시 올렸다.

“토마토소스가 엄청 맛있어서 하나 더 받으마.”

건우 이야기를 꺼냈다. 더 정확히 말하면 건우가 내게 호두과자를 내밀었을 때, 나도 모르게 움츠러든 내 몸뚱이에 대해서. 이야기를 묵묵히 듣던 이모의 눈빛에 걱정이 담겼다.

"어렸을 때 맞은 적 있니? 친구들한테 왕따 당한 적은? 원하지 않았는데 잔인하거나 무서운 영화를 본 적은?"

이모의 질문에 모두 "아니."라고 대답했다. 이모는 골똘히 생각에 잠기더니 다시 질문을 던졌다.

"어렸을 때 찍은 사진들 어디 있니?"

"앨범은 시골집에 있는데 몇 장은 내 핸드폰에도 저장되어 있어. 그건 왜?"

"그 사진들을 찬찬히 보면서 기억하려고 노력해 봐. 이건 네가 지워 버린 기억이랑 연결된 거 같거든."

놀라웠다. 내 이야기를 듣자마자 순간적으로 이모가 내게 한 질문들도 놀라웠고 이모의 직감에서 비롯된 추측도 신기했다. 이모의 추측이 맞든 틀리든 그건 중요하지 않았다. 짧은 시간이었지만 이모가 내게 퍼부은 질문과 추측은 모두 나를 향한 관심과 사랑을 바탕으로 하고 있었다. 질문을 받자마자 그걸 오롯이 느낄 수 있었다.

인터뷰하는 동안 할머니 또한 고스란히 느꼈을 것이다. 내가 관심도 배려도 없이 과제를 위해 인터뷰를 진행했다는 것을. 어쩐지 할머니한테 큰 잘못을 저지른 것만 같아 마음이 몹시 찜찜했다.

11

실행력 하면 나, 강유정이다. 두 번째 인터뷰를 앞두고 할머니 방에 몰래 잠입했다. 할머니가 어떤 사람인지 알고 싶은데, 이것보다 더 빠른 길은 없어 보였다. 범죄 현장을 조사하는 요원처럼 신중히 방을 살폈다. 할머니가 외출한 사이에 내가 방에 들어왔다는 사실을 절대 몰라야 했다. 할머니는 아메리칸 스타일이라 서로의 사생활은 반드시 존중해야 한다고 누누이 강조했다. 인터뷰 준비 때문이라고 변명해도 소용없을 게 빤했다. 되도록 빨리 방을 훑고 빠져나와야 했다.

방은 단출했다. 침대 옆으로 나란히 놓인 옷장과 서랍장이 전부였다. 화장대조차 없어 할머니 가슴 높이의 서랍장 위에 화장품 몇 개가 있었고 그 옆으로 달력과 일기장으로 보이는 공책이 있었다.

내 시선을 사로잡은 것은 서랍장과 옷장 사이에 놓인 작은 책장이었다. 서랍장보다도 낮은 높이의 작은 책장에 여러 책이 옹기종기 꽂혀 있었다. 이모가 그랬지. 책장에 꽂힌 책만 봐도 그 사람에 대해 많은 것을 짐작할 수 있다고.

책장 맨 위에 꽂혀 있는 책들은 주로 여행서였다. 유럽에 관한 책이 많았지만, 드문드문 캐나다, 대만, 남미 관련 책도 보였다. 할머니는 여행을 사랑했다. 늘 여행을 꿈꿨고 언제든 떠날 준비가 되어 있었다. 핸드폰 메모장을 열고 질문을 추가했다.

할머니는 언제부터 여행을 떠났을까?
왜 여행을 좋아할까?

서랍장 맨 아래쪽에는 책보다 공책이 많았다. 일기나 가계부처럼 보여서 볼까 말까 좀 망설여졌다. 고민하다가 맨 오른쪽에 꽂힌 공책 한 권을 빼 펼쳐 봤다. 스르륵 페이지가 넘어가다가 중간에 뚝 멈췄다. 종이 몇 장이 만져졌다. 그중 반으로 접힌 종이를 먼저 펼쳐 봤다. 맨 위에 '화장 승낙서'라는 글씨가 적혀 있었다. 단어가 낯설었다.

크기가 작은 종이를 만지작거렸다. 명함 크기의 분홍색 종이였다. 종이에 적힌 글씨를 소리 내어 읽었다.

♥ 안마 쿠폰 ♥

이 쿠폰을 주시면 10분 동안
시~원하게 안마를 해 드립니다.

사랑하는 할머니께, 강유정 드림.

빨간 하트가 그려진 쿠폰의 발행자는 나였다. 앞의 문장들은 컴퓨터로 출력한 글자였지만, 마지막 줄은 직접 썼는지 글씨가 삐뚤빼뚤 아주 가관이었다. 이런 쿠폰을 만든 기억은 없었지만, 어쩐지 마음이 움찔했다. 받자마자 써버리든지 아니면 찢어 버리면 그만일 이 볼품없는 종이 쪼가리를 일기장 속에 아직까지도 간직하다니.

엘리베이터 움직이는 소리가 들렸다. (나는 청각까지 예민해 이런 쓰잘머리 없는 소리까지 다 들린다.) 종이와 쿠폰을 공책 중앙에 쑥 꽂고 다급히 방을 빠져나왔다. 현관문이 열리기 직전 내 방에 들어오는 데 성공했다. (아주 아슬아슬했다. 이럴 때는 예민한 게 큰 도움이 된다.) 홀로 거친 호흡을 가다듬고 있는데 할머니가 방문을 똑똑 두드렸다.

"닭강정 사 왔는데 먹을래?"

나는 아무 일 없었다는 듯 차분한 얼굴로 방문을 열고 나갔다. 식탁에 앉아 적당히 부드럽고 적당히 달콤한 닭강정을 먹는데, 할머니는 냉장고 문을 열어 사이다를 따라 주었다. 내가 콜라보다 사이다 좋아하는 건 또 어떻게 알아서.

"할머니는 어떤 음식 좋아해요?"

"아, 그 인터뷰 과제 시작인 건가?"

조용히 루이보스차를 우리는 할머니 손길을 멍하니 바라봤다.

"그냥 궁금해서요."

할머니는 노련하게 차를 우리고는 입을 열었다.

"음, 우엉조림 좋아하지."

우엉? 김밥에 들어가는 그 나뭇가지같이 생긴 애? 그러고 보니 할머니 밥상에 우엉조림이 자주 올라왔는데, 나는 손을 대지 않았다. 맛이 없어 보여서.

"언제부터 요리를 잘했어요?"

"잘하긴 뭘. 보통 수준이지."

"할머니 요리 잘해요. 특히 김치, 진짜 최고예요."

나는 엄지손가락을 치켜세웠다. 칼칼하면서 속이 뻥 뚫리는 할머니 김치찌개 생각을 하자 입에 절로 침이 고였다. 할머니는 생뚱맞은 칭찬인데도 기분이 좋아졌는지 살포시 웃었다. 오늘 분위기 나쁘지 않은데? 인터뷰해도 되려나? 여러 생각이 들락거렸다. 또 다른 질문을 할 타이밍인지, 할머니가 꺼낼 다음 이야기를 기다려야 할 타이밍인지 알 수 없었다. 이모는 잘 듣는 게 중요하다고 몇 번이나 강조했다. 조금 더 기다려 보자. 이런저런 생각으로 머뭇거리고 있는데 할머니가 조용히 차를 마시며 말했다.

"네 증조할머니가 보통 미각이 아니셨어. 얼마나 까다로운 미식가였는지 몰라. 덕분에 요리 실력이 늘 수밖에 없었지."

그렇다면 내 까다로운 미각, 청각, 후각은 모두 아빠의 할머니, 그러니까 나의 증조할머니한테서 비롯된 건가?

"증조할머니랑 오래 살았어요?"

"오래 살았냐고? 호호."

할머니는 몸을 뒤로 젖히고 한참을 웃다가 갑자기 웃음을 뚝 그쳤다. 그러더니 허탈하고도 쓸쓸한 얼굴로 찻잔을 내려다보았다.

"어렸을 때 할머니 꿈이 뭐였는지 아니?

나는 천천히 고개를 저었고 할머니는 차를 한 모금 마셨다. 무용수처럼 아주 우아한 몸짓으로.

"아름다운 백조가 되고 싶었단다."

신기했다. 평소에 할머니의 몸짓이나 말투를 보면서 종종 백조를 떠올렸는데.

"전 세계를 다니면서 <백조의 호수>를 공연하는 발레리나가 되고 싶었어. 발레리나가 될 수 없다면 세계 오지를 다니는 여행가가 되고 싶었고."

할머니는 중앙으로 모아 둔 손을 양쪽 끝으로 넓게 펼쳤다. 두 손 사이에 작은 세계 지도가 펼쳐져 있는 듯했다. 순간 할머니의 눈동자는 이글이글 타올랐다. 이 지도 안에 있는 세계로는 만족할 수 없다는 듯 뜨거운 눈빛이었다. 더 많은 곳을 보고 듣고 겪고 싶다는 욕구로 몹시 배가 고픈 사람처럼 보였다. 그러다가 할머니는 천천히 손을 식탁 위로 내려놓으면서 쓸쓸히 고개를 떨궜다.

"발레를 배웠어요?"

"아주 잠깐."

그 옛날에도 발레를 배울 수 있었구나. 놀라웠다.

"운이 좋았지. 친척 중에 무용을 배운 사람이 있었거든. 지금 생각해 보면 그 사람도 발레를 제대로 배운 사람은 아니었던 것 같아."

할머니 찻잔이 텅 비었다. "다 먹었니?"라고 묻고는 할머니는 식탁 위를 정리했다. 나도 좀 거들고는 방으로 들어왔다.

책상에 앉아 하얀 종이를 꺼냈다. 발레, 백조의 호수, 세계 지도, 여행가, 안마 쿠폰 등의 단어들을 무작위로 나열해 적었다. 그리고 '자유'라는 단어를 적었다. 방금 할머니와 대화를 나누며 내가 느낀 것은 하나였다. 자유로운 삶을 꿈꾼 사람.

꿈이 있던 시절의 할머니도, 나보다 더 어렸을 때의 할머니도 상상이 되지 않는다. 결혼하기 전의 할머니도, 아빠를 낳기 전의 할머니도 먼 과거의 할머니인데 어린 시절의 할머니라니. 만약 타임머신이 상용화돼 과거로 돌아간다 해도 나보다 어린 나이의 할머니를 한 번에 알아보기는 어려울 것이다.

자유를 꿈꾸었던 할머니가 어쩌다 지금의 할머니가 되어버린 건지 궁금했다. 내가 알지 못하는 할머니 이야기가 얼마나 될까? 몇 번의 인터뷰로 할머니 삶을 글로 쓰는 일이 가능하긴 할까? 어쩐지 할머니가 완전히 다른 사람처럼 느껴졌다. 무척 낯설었지만, 이 느낌이 싫지 않았다.

인터뷰지 한 귀퉁이에 적었다.

나의 꿈은 무엇인가?

할머니 이야기를 듣고 깨달았다. 나는 꿈이 없었다. 하고 싶은 일도, 되고 싶은 것도 없었다. 가 보고 싶은 곳도, 꼭 만나고 싶은 사람도 없었다. 내게는 오로지 산더미처럼 쌓인 목표와 계획들뿐이었다.

12

얼떨결에 두 번째 인터뷰에 성공했다. 이모가 신신당부한 녹취를 하지 못한 점이 아쉽긴 했지만, 그래도 성과는 분명했다. 할머니 이야기를 끄집어냈고, 할머니한테 궁금한 것들이 생겼다. (여전히 할머니의 어떤 부분에 대해 글을 써야 할지 안개 속이었지만 그래도 만족스러웠다.)

이제 할머니 썸을 위해 슬슬 움직일 타이밍이었다. 일단 기본적인 조사부터 들어갔다. 할머니가 한눈에 반한 '그분'은 복지관에서 할머니처럼 컴퓨터 과목을 가르쳤다. 일주일에 세 번, 월 · 수 · 금 강의를 나왔는데 화 · 목 · 금 강의를 나가는 할머니와 겹치는 요일이 하루뿐이었다. 게다가 강의가 끝나면 칼같이 퇴근하는 스타일이라 이야기 나눌 기회조차 얼마 없었다고 한다.

할머니 썸 작전은 대략 이러했다. 복지관에서 할머니를 찾는 척하며 자연스럽게 할아버지에게 접근한다. 할아버지와 좀 친해진 뒤 인터뷰 과제를 도와달라고 정중히 부탁한다. 인터뷰 과제를 통해 신뢰가 싹트면 할아버지의 취미를 물어본다. 할머니의 다양한 취미 중 하나라도 공통점이 포착되면 모임을 권유한다. 회장직을 맡으며 열정적으로 모임 활동을 하는 할머니를 자주 보면 할아버지의 마음도 슬슬 움직일 것이다.

완벽하다. 허점 하나 없는 백 점짜리 계획을 안고 수요일 오후 복지관을 찾았다. 마침 개교기념일이었고 학원 수업도 없었다. 세 시쯤 수업이 끝난다니까 15분 전부터 강의실 근처에 서 있으면 되겠지.

세 시가 되기 몇 분 전에 강의실 문이 열리면서 사람들이 쏟아져 나왔다. 기자재를 정리하고 있는 할아버지가 보였다. 허리가 꼿꼿하고 피부도 멀끔했다. 눈이 높은 것도 이쪽 유전인가? 천천히 다가가 할아버지에게 말을 걸려는 순간 누가 내 팔을 툭 쳤다.

"강유정, 너 여기서 뭐 해?"

건우였다. 왜 또 너니? 눈을 멀뚱히 끔벅이고 있는데, 건우가 "여긴 어쩐 일이야?" 하고 묻더니 금세 고개를 할아버지 쪽으로 돌렸다.

"할아버지!"

이러면 완벽하게 세운 계획이 물거품 되는데. 왜 또 일이 꼬이는 거지? 건우의 말투와 표정이 다 말해 주고도 남았다. 그분은 건우 할아버지였다!

"왜 왔어."

"오늘 개교기념일이라 시간 남아서."

그러면서 건우는 노련하게 기자재 정리를 도왔다. 반말하는 걸 보니 할아버지와 가까워 보였다. 그렇다면 일이 오히려 쉽게 풀리려나?

"무슨 일로?"

기자재를 안은 채 교단에서 내려온 할아버지가 앞문 근처를 서성이는 나를 발견했다. 입꼬리를 올려 가식적으로 웃는 나를 쓱 보고는 건우가 무심하게 덧붙였다.

"나랑 같이 과외 하는 애야. 유정아, 왜 왔다고?"

"아, 할머니 보러 왔는데 내가 날짜를 착각했나 봐."

나는 억지로 더 활짝 웃으면서 (할아버지에게 좋은 첫인상을 심어 주고 싶었다.) 건우 곁으로 한 걸음 다가섰다.

"도와줄까?"

건우는 이가 훤히 다 보이는 특유의 미소를 지었다. (그래, 너 건치다. 인정.)

"아냐. 이거 생각보다 무거워."

'나도 무거운 거 들 수 있거든!' 하고 쏘아붙이고 싶었지만 할아버지 앞이라 꾹 참았다. 나는 여전히 바보처럼 활짝 웃으며 할아버지에게 길을 비켜 주었다. 사무실로 향하는 할아버지와 건우를 쫄래쫄래 따라갔다. 오늘 날씨 덥지 않니? 그러게. 벌써 여름인 줄. 이런 영양가 없는 대화를 주고받으며 기회를 살폈다. 기자재 정리를 끝내고 건우와 함께 할아버지가 복도로 나왔다. 나는 할아버지에게 들리도록 부러 큰 목소리로 말했다.

"건우야, 팥빙수 먹으러 갈래?"

순진하게도 건우는 내가 내민 미끼를 덥석 물었다.

"그럴까? 괜찮은 곳 알아."

그렇게 말하고는 건우는 싱그럽게 웃었다.

"할아버지 단골 가게인데 팥빙수도 해. 단팥죽 좋아하시거든."

오케이, 좋았어. 할아버지 단골 가게 확보. 최애 음식 확보. 할아버지를 더 캐 볼 수 있는 시간 확보. 내가 짠 시나리오는 어그러졌지만, 건우 덕분에 일이 더 순조롭게 풀리는 기분이 들었다.

할아버지가 단팥죽을 먹는 동안 어떤 취미 생활을 하고, 무엇을 배우고 싶어 하는지 떠봤다. 처음이 어렵지 금방 익숙해지고 잘하게 된다고 했던 이모 말이 맞았다. 두 번째 인터뷰를 성공적으로 해내서 그런지 내가 생각해도 자연스럽게 질문을 던지면서 할아버지의 이야기를 이끌어 냈다.

할아버지 이야기를 정리해 보면 이랬다. 할아버지는 영화를 좋아했다. 앤서니 홉킨스라는 배우를 엄청 좋아해 영어를 배우고 싶어 했다. 나는 자연스럽게 할머니가 참여 중인 영어 회화 모임을 소개했고, 할아버지는 무척 관심을 보였다. 영어 회화 모임을 주름잡는 할머니의 자신감 넘치는 모습을 할아버지가 본다면……. 대박. 이렇게 쉽게 썸 작전이 성공할 줄이야. 속으로 쾌재를 불렀다.

"고맙구나. 안 그래도 그런 모임을 하고 싶었는데 다 멀더구나. 등잔 밑이 어둡다고 이렇게 가까운 곳에 있는 줄은 몰랐네."

자리에서 일어나는 할아버지를 따라 덩달아 일어나려고 하는데 할아버지가 나를 보며 말했다.

"건우랑 더 놀다 가렴."

"아, 아니, 저는……."

왜 갑자기 말을 더듬고 난리람. 그러고 있는데 할아버지는 인자하게 웃으며 가게를 나가 버렸다. 덩그러니 남은 건우와 나는 어색하게 눈을 마주쳤다. 내가 어깨를 한번 으쓱하자 건우는 머쓱한 미소를 지으며 자리에서 일어났다.

"집에 가?"

"응."

"나도 도서관 들러야 해. 같이 가자."

가게를 나와 도서관까지 걸었다. 꽃가루가 휘날리고 봄바람이 일렁였다. 재채기가 터질 것 같아 소매로 입과 코를 막았다. 옹기종기 피어난 황매화가 보였고 황매화를 보러 가자며 졸랐던 할머니 생각이 났다.

"저 나무 이름 아니?"

손가락으로 이팝나무를 가리키며 물었다. 건우는 나와 꽃나무를 번갈아 바라보았다.

"아니, 뭔데?"

"이팝나무. 이름 예쁘지 않아?"

이팝나무의 팝콘 같은 하얀 꽃잎이 먹음직스럽게 피어올랐다. 시골에서 자라는 동안 저절로 알게 된 꽃과 나무들이 도시에서도 꿋꿋하게 자라는 모습을 볼 때면 기특한 마음이 들었다. 미소가 배시시 흘러나왔다. 그런 나를 힐끔거리는 건우의 눈에 호기심이 스며들었다.

"우리 친구 맞지?"

신호등을 기다리는 사이 건우가 불쑥 물었다.

"글쎄?"

"친구가 뭐 별건가? 그냥 하자."

나는 건너편 보행로를 걸어가는 커플을 잠깐 쳐다봤다. 건우와 대화를 나누는 것이 좋았다. 남자 사람 친구를 만들고 싶다는 로망도 있었다. 아니, 어쩌면 이미 건우와 나는 친구 사이인지도 몰랐다. 건우 말대로 친구가 뭐 별건가. 자주 만나면서 시시콜콜한 이야기를 나누는 게 친구지 뭐. 그런데도 지금 뭘 망설이고 있는 걸까?

"싫어? 왜? 내가 남자라서? 곰처럼 몸집이 커서?"

신호등이 바뀌었지만 나는 건너지 않았다. 건우도 움직

이지 않았다. 건널목을 건너온 사람들이 건우와 나를 힐끔거렸다.

"좋아. 오늘부터 우리 친구 해."

내가 손을 내밀었다. 건우는 히죽히죽 웃더니 천천히 손을 내밀었다. 건우의 손이 따뜻해 마음에 들었다.

"인터뷰 과제, 할아버지랑 할 거지?"

후다닥 손을 빼내면서 내가 물었고, 건우는 고개를 끄덕였다.

"아, 승희가 아직 인터뷰할 분을 못 찾았다고 해서. 할머니한테 친구 소개해 달라고 부탁하겠다니까, 승희는 할아버지가 좋대."

"할아버지 친구분 소개해 줄까?"

"정말? 고마워. 승희가 좋아하겠다."

더는 지체할 시간이 없었다. 저녁 먹기 전에 끝내야 할 과제가 많았다. 신호등이 바뀌자마자 빠르게 길을 건넜다. 나는 도서관 앞에서 서둘러 인사를 건넸다.

"먼저 갈게."

"그래. 과외 때 보자."

쿨하게 헤어졌지만 내심 건우랑 더 놀고 싶었다. 건우

의 따뜻한 손이 생각나자 잠깐 얼굴이 화끈거렸다. 나 진짜 요즘 왜 이러지? 어딘가가 고장 난 게 분명하다. 집까지 마구 달리는데 재채기가 나왔다. 이놈의 꽃가루 진짜. 하도 재채기를 해서 눈물 콧물 범벅이 되었다. 지저분한 얼굴로 화장실까지 달려갔다. 역시 빨리 헤어지길 잘했어. 이 꼴을 보여 주지 않아 얼마나 다행이야. 그런 생각을 하며 꼼꼼히 세수했다.

말끔히 세수한 뒤 물에 젖은 내 얼굴을 가만히 들여다봤다. 유정아, 안녕. 너 진짜 괜찮은 거니? 응, 괜찮아. 꽃가루 때문이야. 재채기도, 눈물도, 얼굴이 화끈거린 것도, 심장이 좀 두근거린 것도 전부 꽃가루 탓이야. 그런가? 그렇다니까. 너 중간고사 얼마 안 남은 거 알지? 알지. 목표 점수가 있잖아. 엄마랑 아빠한테 보여 줘야지. 아무 생각 없이 서울에 온 게 아니란 걸. 네가 이곳에 온 이유가 있다는 걸. 그래, 맞아.

얼굴을 닦고 책상 앞에 앉았다. 침대에 벌렁 드러눕고 싶은 욕구를 참느라 혼났다. 침대를 없애 버리든가 해야지. 수학 문제집을 펼치는데 이모 말이 떠올랐다.

"이건 네가 지워 버린 기억이랑 연결되어 있을 것 같거든."

이모가 그랬지. 어렸을 때 찍은 사진들을 차분히 다시 보라고. 사진을 보면서 지워 버린 기억을 되찾아 보라고. 핸드폰에 저장된 사진들을 뚫어져라 봤다. 기억아, 떠올라라. 뭐든 좋으니 스멀스멀 떠올라라. 주문을 걸었지만 아무것도 떠오르지 않았다. 머릿속이 백지장처럼 하얘졌다. 나는 머리카락을 마구 헤집다가 책상 위에 풀썩 엎드렸다.

13

"유정아."

승희는 간신히 내 이름을 불렀다. 그 뒤 수화기 너머로 이어진 길고 긴 울음. 승희는 아이처럼 엉엉 울었다. 나는 승희를 달래면서 집을 나섰다. 승희 집으로 달려가면서 지민이와 통화를 했다.

승희 방에 삼총사가 모였다. 언제부터 울었는지 방 안은 휴지들로 엉망진창이었다.

"무슨 일이야."

지민이가 승희 손을 덥석 잡으며 물었지만, 승희는 꺼이꺼이 우느라 아무 말도 하지 못했다. 나는 승희 곁으로 다가가 승희의 등을 토닥여 주었다. 짐작되는 구석이 있었지만 일단 승희가 말을 꺼낼 때까지 기다렸다. 왠지 그래야 할 것 같았다.

"그러니까 그 새끼가 나한테 욕했어. 협박도 했어."

내 짐작이 맞았다. 썸을 타다 사귀기로 한, SNS로 만난 애. 승희는 그 애가 자상하다고 며칠씩 자랑했다. 불과 며칠 전의 일이다.

길을 가다가 그 남자애가 어떤 애들과 부딪혔다. 길을 걷다 보면 얼마든지 있을 수 있는 일이니까 승희는 가던 길을 계속 가려 했다. 그런데 그 애는 뒤돌아 욕설을 퍼붓기 시작했다. 평소에 욕을 종종 하는 승희였지만 그 애가 구사하는 욕설은 차원이 달랐다.

놀란 마음을 숨기고 승희는 그 애를 달랬다. 그만하라고. 쟤들도 일부러 그런 건 아닌 것 같다고. 그 말에 그 애는 불같이 화를 내더니 승희에게 욕설을 퍼붓기 시작했다. 독하게 변한 그 얼굴에 승희는 두려움을 느꼈고 뒷걸음질을 쳤다. 무슨 정신으로 집에 돌아왔는지 몰랐다. 승희는 울다가 지쳐 잠들었지만, 이내 깨어났다. 핸드폰이 미친 듯이 울리기 시작했다. 몇 초 간격으로 욕설이 담긴 문자가 도착했다. 문자 사이사이로 전화까지 끊임없이 걸려 왔다. 손이 바들바들 떨렸지만, 승희는 간신히 정신을 차리고 문자를 보냈다. 헤어지자고. 이건 아닌 것 같다고.

헤어지자는 말을 듣고 그 애는 더 폭주했다. 협박에 가까운 폭언이 쏟아졌다. 놀랍게도 이 모든 것이 하루 사이에 벌어진 일이었다.

"나 학교 못 갈 것 같아. 어쩌지?"

승희는 집 밖으로 나가기가 무섭다고 했다. 그 애가 집 주변을 서성이고 있을 것 같다고 했다.

"우리랑 같이 가면 되지."

지민이 말에 나도 고개를 크게 끄덕였다.

"당분간 우리 셋은 한 몸이야. 알았지?"

내 말에 승희는 억지로 힘없는 미소를 지었다. 지민이와 나는 오늘 승희 방에서 함께 자기로 했다. 내일 아침 일찍 일어나 각자의 집에 들러 가방만 챙기면 되니까. 우리가 곁에 있는데도 승희는 불안해했다. 한참을 뒤척이다가 겨우 잠이 들었다.

다음 날 학교 수업이 끝나고 셋이 승희네 아파트로 들어서는데 그 애가 포착되었다. 지민이와 나는 승희 핸드폰에 있는 사진으로 이미 그 애 얼굴을 알고 있었다. 지민이에게 '쟤 맞지?' 하고 눈빛을 던지자 지민이는 고개를 한 번 까닥했다.

"어떡해. 어떡해."

승희는 발을 동동 굴렀다. 승희의 손을 꽉 잡았다. 손이 얼마나 차가운지 얼음장 같았다.

"시작하자."

내 말을 신호로 지민이와 나는 어젯밤 핸드폰에 정리해 둔 비상 연락망을 돌렸다. 승희가 잠이 든 사이 지민이와 귓속말로 짜 둔 계획이었다.

멀리 서 있던 그 애가 승희를 발견하고는 저벅저벅 걸어왔다. 지민이와 내가 양쪽에 서 있는데도 고개를 빳빳이 들며 다가왔다. 너희 따위는 신경도 쓰지 않는다는 듯이. 지난번에 서지형 사건 때도 그랬지만 이럴 때마다 속에서 불이 난다. 내가 이번 방학 때 태권도든 복싱이든 주짓수든 배우고야 만다.

"야, 너 계속 내 연락 씹을 거야? 어?"

그 애가 고함을 질렀다. 동네가 떠나갈 듯이 크게 소리쳤다. 고함 소리에 승희의 몸이 부들부들 떨려 왔다. 승희가 길에 주저앉을까 봐 걱정이 되었다. 더 단단히 승희의 팔을 붙들고 싶었는데 내 몸도 같이 떨렸다.

"씨발, 니들은 뭐야?"

그 애가 우리를 노려봤다. 눈빛이 말 그대로 살벌했다. 심장이 쫄깃했다. 쫄지 마. 저딴 인간한테 쫄 필요 없어. 속으로 수십 번 중얼거렸지만, 자꾸 간이 쪼그라들었다. 입이 바짝 마르고 다리가 후들거렸다.

긴장감에 자꾸 움츠러드는 스스로에게 실망하고 있는데 건우가 달려왔다. 건우의 등장에 그 애는 좀 당황했다. 건장한 건우 덩치에 주눅이 든 거겠지. 그 애가 슬금슬금 뒷걸음을 치려는 그때, 이모가 달려와 딱 막아섰다. 잠시 뒤 할머니가 빠른 걸음으로 다가왔다. 바로 직후에 승희네 아파트 경비 할아버지가 달려왔다.

나, 지민이, 승희, 건우, 이모, 할머니, 경비 할아버지는 그 애를 둥글게 포위했다. 그 애는 자신을 빙 두른 사람들을 어이없다는 얼굴로 쳐다보았다.

"여자를 사귀기로 했으면 신사답게 굴어야지."

경비 할아버지가 말했다.

"얘, 승희 괴롭히면 우리가 가만 안 있을 거다."

할머니가 엄하게 말했다.

"어른이 말씀하시는데 대답해야지."

이모가 단호한 목소리로 말했다. 그 애는 '에이 씨'를 연발하며 승희를 노려보다가 하는 수 없다는 듯 중얼거렸다.

"알았으니까 비켜요."

이모는 허리춤에 두 팔을 올리며 그 애 앞으로 바짝 다가갔다.

"뭐라고? 안 들리는데?"

그 애는 모든 걸 체념한 얼굴로 "알았다고요!"라고 외쳤고 그제야 우리는 포위망을 열어 주었다. 작게 욕설을 중얼거리면서 우리 쪽을 노려보다가 달려가는 그 애의 뒷모습을 끝까지 바라봤다.

"고맙습니다."

나는 기꺼이 달려와 준 사람들에게 연신 허리를 굽혔다. 그 순간 긴장이 풀린 승희는 넋 나간 표정으로 땅바닥에 퍼더버리고 앉았다. 나도 온몸에 힘이 쭉 빠졌다. 승희의 두 뺨에 눈물이 흘렀다. 할머니는 바닥에 쭈그리고 앉아 승희의 눈물을 닦아주었다. 할머니를 보다가 이모와 눈이 마주쳤다. 이모는 '많이 놀랐지?'라고 말하는 듯한 눈빛으로 나를 보며 어깨를 토닥였다.

지민이와 나는 승희를 일으켜 세웠다. 이러다 몸살이 나면 어쩌나 걱정이 앞섰다. 할머니와 이모는 이렇게 만나기도 쉽지 않으니 차라도 한잔하러 가자고 나직이 말했다. 그 틈을 비집고 승희를 부축해 승희 집으로 데려갔다. 따뜻한 물을 한 잔 마신 뒤 승희는 눈을 감았다. 그러더니 금방 곯아떨어졌다. 어젯밤에도 긴장한 탓에 깊이 잠을 못 잔 터였다. 지민이와 나도 바닥에 아무렇게나 쓰러져 잠에 빠져들었다.

14

승희 일로 내 몸도 많이 놀란 걸까. 지독한 몸살감기에 걸렸다. 학원, 과외는 물론이고 학교에도 갈 수 없었다. 몸이 아프면 쉴 수밖에 없는 건데 마음이 편하지 않았다. 곧 시험인데 공부를 할 수 없으니 마음이 지옥 같았다.

일정이 많기로 유명한 할머니가 며칠 동안 꼼짝없이 내 옆에 붙어 나를 간호했다. 할머니한테 미안했지만, 엄마를 부를 수도 없었다. 지금 가장 바쁜 철이라 엄마는 몸이 두 개라도 모자랄 테니까.

"할머니, 엄마한테 나 아프단 이야기하지 말아요."

내 말에 할머니는 어울리지 않게 혀를 끌끌 찼다.

"그렇게 빨리 철들면 못써."

할머니는 아무 생각하지 말고 시험 걱정도 하지 말라고 했지만, 그게 잘 안 됐다. 엉망진창이 된 학업 계획서 생각에 끙끙 앓는 소리를 내면 할머니는 잠을 푹 자야 빨리 낫는다고 말하면서 약을 건넸다.

할머니가 끓여 준 전복죽을 야금야금 먹으며 자고, 먹고, 숨 쉬는 일만 했다. 다른 건 아무것도 하지 않았다. 그런데도 하루가 잘도 갔다. 이틀째가 되니 승희와 지민이가 보고 싶었고 사흘째에 접어들자 건우도 살짝 보고 싶었다. 나흘째가 되자 반 친구들 얼굴이 하나하나 떠올랐다.

학교는 당연히 공부만 하는 곳이라 생각했는데, 아니었나 보다. 다 같이 깔깔대던 순간이 불현듯 그리웠다. 담임 쌤이 잔소리를 퍼붓기 시작하면 한꺼번에 팔을 흔들어 지루함을 표현하던 순간이 떠올랐다. 사회 쌤이 비트코인 이야기를 하면 자던 애들도 귀를 쫑긋 세우던 일도 생각났다. 체육 시간에 건우가 토르처럼 팔굽혀펴기를 쉬지 않고 할 때 오, 하며 다 같이 탄성을 내지르던 날도 재밌었는데.

열이 심하게 오르면 악몽을 꿨다. 꿈에서 어떤 남자가 집요하게 날 쫓아왔다. 남자의 얼굴이 너무 궁금했는데 뒤돌아볼 수 없었다. 무서웠다. 그러다가 남자가 내 어깨를 확 잡아채는 꿈을 꾼 날 드디어 남자의 얼굴을 봤다. 승희를 괴롭히던 그 애였다. 눈을 번쩍 뜨고 가쁜 숨을 몰아쉬었다. 온몸이 땀에 흠뻑 젖어 있었다.

옷소매로 식은땀을 닦는데 불쑥 요란한 소리들이 달려들었다. 잔뜩 화가 난 남자의 목소리. 무언가가 와장창 부서지고 깨지는 소리. 그 사이로 쉴 새 없이 들리는, 어린아이가 빽빽 지르는 비명. 꿈속에서 들은 소리일까. 약을 먹으면 잠이 쏟아졌고, 잠에 빠지면 악몽 꾸기를 반복했다. 꿈속에서 나는 계속 도망만 다녔다. 남자가 내 어깨를 세게 붙들어 돌려세울 때마다 남자의 얼굴은 달라졌다. 승희를 괴롭히던 그 애였다가 서지형이었다가 뉴스로 얼굴이 공개된 스토커였다가 시커먼 가면을 쓴 얼굴이 되었다. 악몽과 함께 나는 시름시름 앓았다. 더는 감기약에 취해 몽롱해지지 않고 싶었지만 몸은 말을 듣지 않았다.

15

며칠 뒤 거짓말처럼 몸이 나았다. 시험 기간까지 아플까 봐 걱정했는데 다행이었다. 밀린 과제와 해야 할 공부가 많아 마음이 급했지만, 하나하나 해 나갔다.

할머니가 장조림을 많이 했다고 이모네 갖다주란다. 중간고사 기간이 코앞이라 마음이 조급한데 심부름을 시키는 할머니가 살짝 얄미웠지만, 외투를 걸쳤다. 이모가 할머니표 장조림을 얼마나 좋아하는지 잘 아니까.

현관문 앞에 서서 벨을 눌렀는데 반응이 없었다. 아무도 없나? 이모한테 전화를 걸었지만 받지 않았다. 어째야 하나 갈팡질팡하고 있는데 현관문이 덜컥 열렸다. 창백한 얼굴로 구부정하게 서 있는 이모가 보였다.

"이모!"

나를 보자마자 이모는 바닥으로 고꾸라졌다. 나는 어금니를 물며 이모의 상체를 일으켜 세웠다. 차가운 현관 바닥에 이모 얼굴이 닿지 않도록 내 허벅지로 받친 뒤 119에 전화를 걸었다.

구급차가 병원에 도착할 때까지 이모는 통증을 호소했다. 배를 움켜잡으며 떼굴떼굴 구르는 이모를 위해 내가 해 줄 수 있는 일이 없었다. 구급 대원과 함께 응급실까지 달려갔다. 어떤 조치라도 좋으니 이모의 통증을 덜어 주면 좋으련만 응급실은 엉망진창이었다. 간호사 쌤한테 달려가 간절한 말투로 졸랐더니, 이마를 잔뜩 찌푸리면서 이모 곁으로 다가왔다.

"수술 들어가야 해요. 보호자는요?"

"보호자요? 제가 가족이에요. 조카예요!"

"미성년자잖아요. 보호자부터 데리고 오세요."

간호사 쌤이 얼마나 차가운 말투로 말하는지, 말이 비수처럼 가슴에 콕콕 박히는 듯했다. 이모는 성인인데 왜 보호자가 필요하단 걸까. 이모의 보호자는 누구일까. 맞다. 이모와 함께 사는 그분이 있었지.

“이모, 핸드폰 줘 봐. 룸메이트, 그분 이름이 뭐야?”

진땀을 뻘뻘 흘리면서 이모는 간신히 말했다.

“엄마한테 전화해.”

“울 엄마? 알았어.”

엄마에게 전화한 뒤 할머니에게도 전화를 걸었다. 간호사 쌤은 계속 보호자 사인이 있어야 한다고 채근했고, 이모는 고통을 참다못해 폭발하기 일보 직전이었고, 나는 난장판이 따로 없는 응급실에서 할머니가 올 때까지 발만 동동 굴렀다.

할머니는 도착하자마자 손수건으로 이모의 땀을 닦아 주며 나를 집으로 돌려보냈다. 수술이 다 끝날 때까지 병원에 있겠다고 고집을 피웠더니 곧 엄마가 올 거라고, 어른이 둘이나 있으니 걱정 말라며 나를 돌려세웠다.

다음 날 학교 앞 정류소에서 병원으로 가는 버스를 탔다. 이모는 오지 말라고 했지만 내 귀에는 지금 누구의 말도 들리지 않았다. 이모도 내 고집을 꺾을 수 없단 걸 아니까 병실 번호를 말해 줬다. 복도 중간에 있는 휴게실을 지나 이모가 있는 병실을 찾았다. 조심스럽게 문을 열고 안으로 들어갔다. 이모는 초췌해 보였다. 기척을 느꼈는지 고개를 옆으로 돌려 나를 바라봤다. 이모 얼굴에 희미한 미소가 떠올랐다. 이모가 누워 있는 병상으로 바짝 다가갔다.

"맹장이 터졌대."

"맹장? 그게 뭔데?"

"나중에 검색해 봐. 그런 게 여기 있단다."

이모는 힘없이 손가락으로 자기 배를 가리키더니 천천히 눈을 끔벅였다. 이모는 아주 피곤해 보였다. 수술이 꽤 힘들었던 모양이다.

"많이 놀랐지?"

"이모가 너무 아파 보여서……."

나는 말끝을 흐렸고, 이모는 있던 힘을 모두 짜내 미소를 지으려고 했지만 잘 안 되었다. 이모의 얼굴에 떠오른 어색한 미소 때문에 가슴이 따끔거렸다.

"수술은 잘 된 거지?"

"응. 방귀를 뀌어야 한다네."

"방귀?"

"방귀를 뿡 뀌어야 꿰맨 장이 잘 붙은 거래. 그래야 밥도 먹을 수 있대."

그 말을 끝으로 이모는 입을 다물었다. 이모만 만나면 질문 보따리를 푸는 나였지만, 오늘만큼은 그럴 수 없었다. 그저 묵묵히 이모가 무슨 말이라도 해 주기를 기다렸다.

"해 봐. 질문."

"오늘은 안 할래."

"그냥 해. 얼굴에 쓰여 있어. 질문이 있사옵니다, 이렇게."

이모가 풋, 하고 웃었고 나도 머쓱해져 덩달아 웃음을 흘렸다.

"이모는 어른인데 왜 보호자가 필요해?"

"수술이 잘못되거나 수술비를 내지 못할 경우 책임져 줄 사람이 필요한 거지."

"난 미성년자라 안 된대."

"네가 민주한테 연락하려고 했잖아. 근데 민주도 내 보호자가 될 수 없어."

민주는 이모의 룸메이트, 그분의 이름이다.

"왜?"

"가족이 아니니까. 민주와 난 가족보다 더 끈끈한 사이인데, 서로 애인에게 말 못 할 이야기도 하는 사이인데, 서

류상으로는 가족이 아닌 거지. 친척도 아니고."

이모의 메마른 얼굴에서 시선을 거뒀다. 이모는 나를 애 취급하지 않는다. 언제나 나를 한 사람으로 존중해 준다. 나를 하나의 인격체로 인정해 주고 대해 주는 어른을 만나는 일은 드물었다. 이모는 어떤 이야기든 솔직하게 최선을 다해 말해 준다. 그래서 나는 이모와 대화를 나누는 시간을 좋아한다.

"만약 민주가 내 곁에 있었다면 난감해했을 거야. 보호자 칸에 사인해 줄 수도 없지, 내 가족 연락처는 모르지. 그 정신없는 와중에 내가 핸드폰 패턴을 풀어야 했겠지."

잠시 뒤 이모가 꺼낸 말들은 꽤 어려웠다. 이모는 '생활동반자 법'에 대해 길게 이야기했다. 지금 이모가 쓰고 있는 책도 이것과 관련된 내용이라고 했다. 이모 말을 제대로 이해했는지 모르겠지만, 대충 정리하면 이랬다. 함께 사는 동거인이나 가장 친한 사람을 동반자로 지정해 위급한 상황에서 가족 대신 보호자 역할을 할 수 있도록 한다. 그 외에도 세금이나 건강 보험 문제를 함께 해결할 수 있도록 한다. 그렇게 되면 1인 가구를 비롯해 비혼주의자들을 한결 잘 보호해 줄 수 있게 된다.

"우리가 더 열심히 뛸게. 나중에 유정이나 친구들이 살 세상은 조금 더 다양해질 거야. 어떤 선택을 하든 더 존중받을 수 있을 거야."

이모가 힘주어 말하며 웃었지만, 그 미소는 여전히 환하지 않았다. 환자복 사이로 이모의 쇄골이 고스란히 드러났다. 추워 보였다.

단식 투쟁 끝에 서울에 올라왔을 때, 간절히 기다렸던 학교생활에 적응하는 일이 힘겨웠을 때, 할머니와 다투고 외로웠을 때 이모를 찾아갔다. 이모와 놀이터 벤치에 나란히 앉아 아이스크림을 먹곤 했다. 내 말을 묵묵히 들어 주다가 이모는 한쪽 팔로 내 어깨를 감싸 안아 줬다. 아이스크림을 먹고 차가워진 몸은 이모의 온기 덕분에 금세 따뜻해지곤 했다.

"유정아, 이모가 왜 일 그만뒀는지 말했었나?"

밥을 못 먹어서 그런지 이모가 기운 빠진 목소리로 말했다. 오늘은 이모가 말을 많이 하지 않았으면 했는데, 어쩐 일인지 평소보다 말을 많이 했다.

"버스를 놓쳐서 지각한 날이었어. 한 10분 정도 늦었나? 사원증을 목에 걸고 회사 엘리베이터를 탔는데, 가슴이 답

답한 거야. 왜 지각했는지 설명해야 한다는 사실도 짜증나고, 어제와 다르지 않은 하루를 또 버텨야 한다는 것도 징글맞고. 엘리베이터 문이 딱 열린 순간 바로 닫힘 버튼을 눌렀어. 1층 로비에 있는 쓰레기통에 사원증을 처박고 핸드폰도 꺼 버렸어. 그 길로 회사 건물을 나와 주변을 쏘다녔어. 이른 점심으로 맛있는 설렁탕을 한 그릇 먹고 바로 집으로 와서 상사한테 전화했어. 회사를 그만두겠다고 말했지. 후회하냐고? 아니. 한 번쯤은 후회할 거라고 생각했는데, 아니더라. 네가 예전에 그랬었지. 완벽한 인생 계획을 짜 뒀다고. 이모도 그랬어. 계획 세우는 거 좋아했거든. 대학도 한 방에 들어갔고, 운 좋게 취직도 금방 했어. 일이 빡세긴 했지만 연차가 쌓일수록 월급도 많아져서 돈도 금방 모았어. 사람들이 흔히 말하는 성공의 지름길만 걸은 거지. 그런데 어느 순간 깨달았어. 내가 엄청난 노예로 살고 있다는 걸. 월급의 노예, 팀장님의 노예, 성공의 노예로 말이지. 그건 괜찮아. 다들 그렇게 사니까. 가장 비참했던 건 뭔지 아니? 내가 나 스스로의 노예였다는 거야. 남들 기대에 부응해야 한다고, 성과를 내야 한다고, 보란 듯이 좋은 기사를 써내야 한다고, 퇴보하면 안 된다고 매일 나한테 윽박

지른 사람이 바로 나더라고.”

이모의 말들이 아팠다. 쿡쿡 내 몸을 찌르는 듯했다.

“이모는 네가 좋은 대학에 갔으면 좋겠어. 원하는 목표도 다 이루면 좋겠고. 그런데 만에 하나라도 네 계획이 어그러진다면 그래도 괜찮다고 말해 줄 거야.”

나는 다 이룰 거라고 말하고 싶었지만 머뭇거렸다. 정말로 가능할까? 내가 꿈꾸고 희망하는 일들을 모두 이룰 수 있을까? 할머니 썸 작전을 떠올렸다. 며칠 동안 머리를 싸매고 완벽한 계획을 짰다고 생각했지만, 현실은 어땠나. 건우가 나타나고 할머니의 그분이 건우의 할아버지라는 우연이 작동하면서 내 계획은 시작조차 할 수 없었다.

이모가 손을 내밀었다. 얌전히 손을 내밀자 이모는 내 손을 덥석 잡아 소중한 보물을 대하듯 천천히 쓰다듬었다. 이모 손은 따뜻하지 않았지만, 이모가 내 손을 어루만질수록 점점 따뜻해졌다. 내 손의 온기가 이모의 손으로 번진 건지, 내 손과 이모의 손이 맞닿아 열기가 생긴 건지 알 수 없었다.

“참, 어제 집에 왜 왔다고?”

“할머니가 장조림 갖다주라고 했거든.”

"와, 군침 돈다."

이모가 활짝 웃었다.

"할머니랑 살아서 좋겠다."

그러면서 이모는 홀로 서울에 상경해 공부했던 시절을 이야기했다. 엄마와 이모는 수도권 중소 도시에서 잠깐 살다가 둔둔리 할아버지 건강 문제로 다시 시골로 내려갔단다. 가까운 친척 중 누구도 서울에 살고 있지 않아 고시텔에서 살았던 이야기. 돈이 부족해 일주일 넘게 라면만 먹은 이야기. 손바닥만 한 바퀴벌레가 나타나 멘붕이 된 이야기. 그러다가 반지하방으로 이사를 갔는데, 그곳에서 수많은 거미와 동거한 이야기. 늦은 밤 혼자 집에 가는 길이 무서워 호신용 호루라기를 꼭 들고 다녔던 이야기. 무엇보다 매일 불 꺼진 어둑한 집에 혼자 들어가는 게 가장 힘들었다는 이야기. 잠이 안 오는 날 사람의 온기가 몹시 그리웠다는 이야기. 그래서 룸메이트를 찾다가 오랜 친구인 그분과 함께 살게 되었다는 이야기. 좋은 사람과 함께 살아서 매일 감사하다는 이야기.

"이모가 왜 널 부러워하는지 알겠지? 함께 살 가족이 있다는 게 얼마나 큰 행운인지 네가 잘 모르는 것 같긴 하다만."

"나 이제 알아."

"오, 그래?"

기특하다는 듯 이모는 내 머리를 쓰담쓰담했고, 나는 아이 취급받는 게 싫어 머리를 쏙 뺐다. 이모는 오늘따라 투 머치 토커였다. 마취제가 이모의 뇌를 잠깐 바꿔 버린 건지도 몰랐다. 어쨌든 난 말이 많은 이모도 좋았다. 이렇게 밤새 이모랑 이야기를 나눠도 좋을 것 같았다.

16

내가 좋아하는 크루아상과 할머니가 좋아하는 호두과자를 앞에 두고 마지막 인터뷰를 진행했다. (호두과자도 물론 좋아하지만, 크루아상을 더 좋아한다.) 수행 평가 마감을 지키지 못했지만 국어 쌤이 몸살감기에 걸린 탓이니 감점하지 않겠단다. 그 말에 가슴을 쓸어내렸다.

수많은 질문 중 어떤 것부터 할까 고민했다. 그러다가 할머니에게 가장 궁금한 것부터 물어보는 게 정답이란 생각이 들었다.

"할머니는 여행이 좋아요?"

"여행 싫어하는 사람도 있니?"

"전 여행 별로거든요."

"진짜?"

할머니가 두 눈을 동그랗게 떴다. 호두과자를 입에 넣고 오물거리다가 할머니는 말했다.

"책을 읽다가 손으로 쓴 화장 승낙서를 들고 여행을 떠나는 사람 이야기를 알게 됐어. 그래서 나도 외국 갈 땐 그걸 들고 다닌단다."

할머니 방에서 발견한 반으로 접힌 종이가 스르륵 떠올랐다.

"그게 뭔데요?"

"여행을 다니다가 갑자기 죽으면 일이 복잡해지거든. 승낙서가 있으면 어느 나라에서든 화장할 수 있단다. 유골은 운송비가 많이 들지 않으니까."

유골? 운송비? 낯선 단어들이 머릿속을 뱅글뱅글 돌았다. 그러니까 할머니는 여행 도중에 죽어도 좋을 정도로 여행이 좋다는 건가?

"세계를 돌아다니고 싶다는 꿈은 결혼하면서 깨졌어. 그렇다고 결혼을 안 할 수도 없었지. 결혼하지 않는다는 건 감히 상상도 못 할, 그런 시절이었단다."

뭔가 할머니가 중요한 이야기를 할 것 같았다. 나는 할머니한테 녹취해도 되는지 양해를 구했다. 할머니는 선뜻 그러라고 했다. 식탁 위에 올려 둔 핸드폰의 녹음 앱을 켰다.

"네 증조할머니가 엄청난 미식가였단 말은 했지? 그분이 돌아가실 때까지 40년을 같이 살았단다. 시아버지 병 수발 드는 것도 힘든데, 시어머니는 매끼 새로운 반찬만 찾았어. 어떻게 그 시간을 견뎠는지, 지금 생각해도 신기해. 매일 도망치고 싶었거든. 입술이 터질 때까지 깨물며 그 시간을 견뎠단다. 도망갈 곳이 없었으니까. 그렇게 40년을 버티고, 두 분 모두 보내드린 다음에 황혼 이혼을 했단다. 황혼 이혼 들어 봤니? 간단해. 나이 많은 사람들이 이혼하는 거지 뭐. 네 할아버지는 끝까지 이혼은 안 된다고 펄쩍 뛰었지. 그동안 내가 최선을 다해 시어른들 모신 건 인정하지만, 이혼은 못 해 주겠다나. 소송까지 해서 헤어졌지. 그제야 숨통이 트인다고나 할까. 그때 비로소 알게 된 거야. 40년 동안 제대로 내 숨을 쉬어 본 적이 없었다는 걸 말이야. 자식들 생각 안 했어. 누구 생각도 안 했어. 나만 생각했지. 안 그랬다면 이혼하지 못했을 거야. 그때부터 여행을 다니기 시작했단다. 국내는 물론이고 해외도 많이 갔지. 정말 행복했단다. 죽어도 여한이 없다는 말을 달고 살았지. 오타루에서 먹은 스시와 리스본에서 본 바다를 어떻게 잊을 수 있겠니? 스위스 융프라우에서 황홀한 설경을 보며 컵라면을 먹은 순간과 나이아가라 폭포 물을 맞고 흠뻑 젖은 날이 지금도 생생해. 난 죽는 건 별로 안 두려워. 다만 내가 가보고 싶던 곳들을 다 못 보고 죽을까 봐 두렵단다. 마음껏 여행 다니고 하고 싶은 거 다 할 거야. 그러다가 길 위에서 죽으면 죽는 거고. 화장 승낙서가 내 가방 안에 있으니 뭐, 두려울 것도 없어."

할머니가 조곤조곤 늘어놓은 이야기는 모두 처음 듣는 내용이었다. 엄마나 아빠에게 들어 본 적이 없었다. 할머니와 할아버지가 이혼했다는 사실도 몰랐다. 누구도 말해 준 적이 없었으니, 알 수 없는 게 당연했다.

할머니는 22살에 맞선으로 만난 할아버지와 결혼해 1남 1녀를 낳았다. (고모는 일본에서 산다.) 40년 뒤인 62살에 황혼 이혼을 했다. 그러고 나서 할아버지는 딸이 있는 일본으로 떠났다. 그곳에서 만난 일본 여자와 재혼해 잘 사신다고 한다. 대충 계산해 보니 내가 다섯 살 무렵에 할아버지는 일본으로 떠난 것 같다. 그 뒤로 할아버지를 뵌 적이 없고 누구도 이야기해 주지 않아 나는 내가 어렸을 때 할아버지가 돌아가신 줄 알았다.

할머니가 왜 하루하루 최선을 다해 사는지 알 것 같았다. 그리고 미안했다. 여행을 이토록 좋아하는 할머니의 발목을 붙든 사람이 나라서. 일 년에 다섯 번 넘게 여행을 떠나는 할머니가 작년에는 딱 한 번 여행을 떠났다. 내가 학교에 다니는 동안에는 차마 떠날 수가 없어 방학 때 짐을 꾸렸다.

"제가 꼭 기숙사 있는 고등학교 갈게요."

"왜?"

"할머니 마음껏 여행 다닐 수 있게요."

"아, 그래서?"

할머니는 호두과자 껍질을 까면서 후후 웃었다.

"안 그래도 돼. 작년엔 나도 힘들었어. 혼자 살다가 둘이 되니까 번거롭기도 했고. 근데 지금은 좋아."

할머니가 내민 호두과자를 받아 들었다.

"좋긴 뭐가 좋아요. 저처럼 까다롭고 예민한 애랑 살면 피곤하죠."

할머니는 호두과자 포장지를 비벼 대면서 골똘히 생각에 잠겼다. 바스락거리는 소리가 잔잔한 노랫소리처럼 들렸다.

"여행을 다니다 보면 말이야. 평소에 알아차리지 못한 자신의 아킬레스건을 알게 된단다."

아킬레스건은 약점을 뜻하는 말 아닌가? 지민이가 자주 쓰는 단어였다.

"어떤 사람은 잠귀가 밝아서 잠을 잘 못 자. 어떤 사람은 입이 짧아서 생소한 음식을 못 먹어. 어떤 사람은 길치라 지도를 못 봐. 어떤 사람은 화장실에 예민해서 변비를 달고 살아. 어떤 사람은 무리한 일정을 짜서 몸이 아파. 체력 조절 잘 하고 몸을 보살피는 게 가장 중요하단 걸 나중에 깨닫는 거지."

"그러니까……."

승희가 하도 써서 내 입에도 붙어 버린 단어를 내뱉었다.

"그러니까 누구나 한구석은 예민하기 마련이다, 이 말이지."

할머니가 활짝 웃어 주었다. 할머니다운 위로였고 마음에 와닿는 위로였다.

"나이 들면 안 좋은 게 많거든. 버스를 오래 타면 멀미

날 때도 있고, 운동을 조금만 잘못해도 며칠 동안 골반이 나 허리가 아프기도 하고, 많이 걸은 날에는 다리가 저리거나 당겨서 잘 때 끙끙대기도 하고, 사람 이름은 기억에서 다 사라지고. 그런데 딱 하나 좋은 게 있단다. 어떤 일이 벌어지든 어떤 사람을 만나든 그럴 수 있겠다 싶은 거."

할머니는 호두과자 포장지를 돌돌 말아 접기 시작했다.

"한동안 자유를 만끽했지. 혼자인 게 좋았어. 미치도록. 그런데 요즘엔 잘 모르겠어. 자유, 고독이라는 단어를 사랑했는데 요즘엔 혼자라는 말이 두렵기도 해. 유정이 너와 같이 살다 보니까 누군가와 함께 사는 것에 또 금방 익숙해져 버렸나 봐. 누구든 혼자 태어나 혼자 떠나는 건데, 사람 마음이 참 간사하지."

할머니가 내민 호두과자를 입에 넣으면서 곰곰이 생각했다. 간사한 마음. 내가 스스로에게 해 주고 싶은 말이었다. 감정은 하루에도 열두 번 넘게 오르락내리락했고 마음은 하루에 스무 번도 넘게 널뛰기를 했다.

앞뒤가 하나도 맞지 않는 위선자에 모순덩어리가 나다. 남친 생겼다고 행복해하는 친구들을 보면 나도 연애를 한 번쯤 하고 싶다고 생각하면서 겉으로는 안 그런 척했다.

속으로는 건우가 괜찮은 애라고 생각하면서 외모가 내 이상형이 아니란 이유로 절대 남친으로 삼을 수 없다고 선을 그었다. 승희한테 안 좋은 일이 터진 뒤 여자애들을 불러 모아 남자들은 다 똑같다고, 조심 또 조심해야 한다고 잔소리를 늘어놓으면서 비혼을 선언할 마음은 눈곱만큼도 없다. 이 정도면 진짜 구제 불능 아닌가?

내가 이렇게 말하면 이모는 별일 아니라는 듯 심드렁한 목소리로 말하겠지. 모순이 없는 사람은 단 한 명도 없다고. 지금 네 나이 때는 감정이 롤러코스터를 타는 게 자연스러운 일이라고.

"할머니는 무슨 빵을 가장 좋아해요?"

할머니가 콧잔등을 살짝 찡그리며 내 크루아상을 내려다보았다.

"프랑스에서는 말이야, 모든 빵이 다 환상이야. 파리에서 먹은 크루아상은 언빌리버블했지."

할머니한테 크루아상이 담긴 접시를 내밀자 할머니는 가볍게 손사래를 쳤다.

"호두과자도 좋아해."

그러더니 할머니는 수줍은 미소를 머금었다.

"네가 크루아상 좋아한다고 했을 때 막 설레더라. 우리가 진짜 가족이구나, 유정이 네가 내 손녀 맞구나 싶어서."

할머니는 알까. 수줍게 미소 지을 때 할머니 얼굴에 작은 소녀가 어른거린다는 것을. 할머니의 맑은 미소와 우아한 손짓에서 내 또래의 아이를 만날 수 있을 것 같아 가끔 설렌다는 것을.

"또 물어볼 거 있니?"

질문이 수십 개 적힌 수첩을 내버려 두고 할머니의 눈동자를 바라보았다. 지금 내 마음이 할머니한테 물어보고 싶은 질문을 던지고 싶었다.

"왜 우엉이 좋아요?"

"글쎄, 어렸을 때부터 자주 먹어서 그런 거 아닐까?"

할머니는 두 손을 얌전히 테이블 위에 올리더니 손깍지를 만들었다.

"그거 아니? 우엉을 식재료로 사용하는 나라는 한국과 일본, 대만뿐이래."

"정말요?"

"부드러운 맛도 나지만 달콤하면서 쌉싸름한 맛도 있잖아. 그런 데다가 섬유질이 많아 장에도 좋고. 완벽한 식재료 같아."

할머니의 우엉 예찬을 들을수록 우엉의 맛이 몹시 궁금해졌다. 다음에 우엉 반찬이 올라오면 무조건 먹어 봐야겠다. 우엉이 들어 있는 김밥도 먹어 보고.

"할머니한테 김치 담그는 법 배우고 싶어요."

"네 엄마도 김치 잘해."

나는 단호하게 손가락을 세워 휘저었다.

"할머니 김치랑 달라요. 완성도가 떨어진다고나 할까."

할머니는 손깍지를 풀며 소녀처럼 웃어 댔다.

"호호호, 네 입이 그렇다면 그런 거겠지. 그럼 올해는 김장을 해 볼까? 가볍게 20킬로 정도?"

아빠, 엄마, 이모 다 불러서 김장을 해야겠다. 할머니 김치 비법을 영상으로 찍고 꼼꼼히 메모해야겠다. 그런 생각을 하다가 더럭 겁이 났다. 할머니 김치를 아무리 열심히 배워도 할머니가 만들지 않는다면 그 맛이 다르겠지. 그렇다면 언젠가는 할머니 김치를 먹을 수 없는 날이 오겠구나. 화장 승낙서를 가슴속에 고이 품고 다니는 할머니와 언젠가는 헤어지겠구나. 속에서 울컥 솟아오르는 감정을 감추려고 나는 일부러 우유를 벌컥벌컥 마셨다.

"마지막 질문인데요."

할머니는 무엇이든 물어보라는 눈빛으로 내 눈을 마주 보았다.

"지금 할머니 꿈은 뭐예요?"

할머니는 남은 루이보스차를 마셨다.

"지금은 너랑 잘 사는 거야. 언제까지 너와 살 수 있을지 알 수 없지만 사는 동안은 알콩달콩 살고 싶어. 그리고 기회가 오면 또 떠나야지. 참 신기하지 않니? 이 나이가 돼도 모르는 게 많고 알고 싶은 게 많다는 것이. 가 보고 싶은 나라가 있고 보고 싶은 풍경이 있다는 것이 말이야."

할머니 얼굴에 또 미소가 떠올랐다. 그 미소를 바라보는데 그제야 알아차렸다. 나와 사는 일이 할머니한테도 쉽지 않은 일이었다는 것을. 나 때문에 결혼 생활 40년 만에 찾은 자신의 자유를 포기해야만 했다는 것을. 그런데도 할머니는 나를 미워하지 않았다. 내가 서울에 올라와 할머니와 살겠다고 했을 때 일말의 고민 없이 그러라고 해 주었다. 그토록 좋아하는 여행도 포기해 버렸다. 그러면서 할머니는 나와 알콩달콩 사는 것이 꿈이라고 말한다. 나 같은 예민 까칠 대마왕과 사는 일이 뭐가 재밌다고.

인터뷰 글쓰기 주제를 무엇으로 해야 할지 알 것 같았다. '자유를 꿈꾸는 여행가' 할머니는 자유를 얻은 순간 숨통이 트였다고 표현했다. 누구보다도 자유로운 영혼을 가지고 있는 사람. 여행만 생각하면 웃음이 저절로 번지는 사람. 해 보고 싶은 일이, 가 보고 싶은 곳이, 먹어 보고 싶은 음식이 끊임없이 많은 사람. 죽는 순간까지 뚜벅뚜벅 세상을 걸어 다닐 사람. 어디를 가든, 어떤 사람을 만나든 호기심 가득한 눈빛을 반짝거릴 사람.

"고마워, 유정아."

"뭐가요?"

"나한테 꿈을 물어봐 줘서."

할머니는 자기 손을 물끄러미 내려다보더니 한 손으로 다른 손을 주물렀다.

"할머니가 되고 나니까 아무도 내 꿈에 관심이 없더라고. 가끔은 나조차도."

할머니가 부러웠다. 자신이 무엇을 좋아하고 원하는지 분명히 알고 있는 사람이 얼마나 될까. 나도 할머니 나이가 되면 내가 무엇을 좋아하는지, 확실히 아는 사람이 될 수 있을까. 내가 무엇을 하고 싶은지 알 수 없어서 지금 내가 해야 하는 일만 생각했다. 매 순간 너무 불안해서 계획에 의지했다. 내가 세운 계획들이 얼마나 무모한지 잘 알았다. 가끔은 터무니없이 실현 불가능한 목표만 골라서 세우기도 했다. 그편이 가장 쉽고 편했으니까.

"참, 건우 말이야."

할머니가 커피포트에 물을 담으면서 입을 뗐다.

"난 참 그 애가 좋더라."

나는 무심한 말투로 대꾸했다.

"우리 친구 하기로 했어요."

할머니는 한쪽 눈을 가늘게 뜨며 슬그머니 나를 흘겨보았다.

"남자 친구?"

"아뇨. 그냥 친구요."

비어 있는 내 잔에 우유를 더 부어 주면서 할머니가 나를 또 떠봤다.

"남자 친구로도 괜찮지 않니? 예의도 바르고 다정해 보이더라."

할머니가 눈을 찡긋했다.

"어릴 때 연애를 많이 해야 사람 보는 눈이 생기거든. 나는 중매로 결혼한 사람이어서 그런지 아직도 연애가 뭔지, 도통 모르겠더라니까. 오죽하면 너한테 부탁을 했을까."

말을 할까 말까 고민했다. 그러다가 눈을 꾹 감았다 뜨고는 다 말해 버렸다. 그동안 건우와의 사이에서 있었던 일은 물론이고 최근에 꾼 악몽까지 다, 다, 다 털어놓았다.

"어머나, 세상에."

탄식 끝에 할머니는 손으로 입을 틀어막았다. 할머니 눈빛이 크게 흔들렸다. 그러더니 눈가에 눈물이 글썽글썽해졌다.

"설마 했는데, 세상에. 네 몸이 기억하고 있다니."

할머니는 연달아 '세상에'를 내뱉었고, 나는 궁금증이 폭발하기 일보 직전이었다. 나쁜 일이어도 좋으니 낱낱이 알고 싶었다. 내가 악몽을 꾼 이유. 아무 이유 없이 건우를 불편해한 이유.

"할머니, 이야기해 주세요."

할머니는 망설였다. 다 마신 빈 찻잔을 입에 가져갔다가 내려놓길 반복했다.

"괜찮겠니? 네가 충격받을까 봐 그래."

"괜찮아요. 알고 싶어요, 할머니."

뜨겁게 달궈진 물을 찻잔에 부은 뒤 할머니는 이야기를 시작했다.

"네가 어렸을 때 일이란다. 내가 불러서 네 엄마 아빠가 왔단다. 저녁 식사를 하고 말을 꺼냈지. 나 이혼하고 싶다고. 그랬더니 네 할아버지가 말도 안 되는 소리 하지 말라면서 화를 내더구나. 네 아빠가 말렸지만 소용없었어. 그러더니 거실에 있는 티브이를 번쩍 들어 베란다 창문을 향해 던지더라. 유리가 와장창 다 깨지고, 네 엄마한테 유리가 튀고, 네가 바락바락 울기 시작하고. 네 아빠가 겨우 말려서 네 할아버지를 밖으로 데리고 나갔지. 네 할아버지 풍채가 대단했단다. 그런데, 세상에, 네가 이걸 기억하고 있었다니. 정말 미안하구나, 유정아."

나는 집 밖으로 튀어나왔다. 할머니한테는 늦지 않을 거라고, 금방 올 거라는 말만 간신히 하고 나왔다. 아무 생각도 나지 않았다. 오로지 하나의 생각만 나를 사로잡았다. 건우한테 사과해야 한다.

17

복지관 앞에서 건우와 만났다. "안녕." 하고 가볍게 인사를 나눈 후 복지관에서 도서관까지, 다시 도서관에서 공원까지 걸었다. 공원을 거닐다가 빈 벤치에 앉고서도 한참 뜸을 들였다.

"있지, 미안해."

참았던 숨을 한꺼번에 내뱉는 사람처럼 재빨리 말했다. 건우는 질문이 주렁주렁 매달린 눈빛으로 나를 빤히 봤다.

"뭐가?"

어디에서부터 어디까지 사과를 해야 할지 모르겠다. 나를 도와주려고 나선 건우한테 쌀쌀맞게 군 거? 순수하게 호두과자를 내민 손짓에 몸을 움츠린 거? 친구 하자는 말에 한참을 망설인 거?

"그냥, 이것저것."

애매한 내 답변에 건우는 고개를 갸웃거렸고 나는 헤헤 웃음을 흘렸다.

"저기."

신발을 질질 끌어 발끝을 공글리다가 나는 옆에 앉은 건우를 돌아봤다.

"우리 친구 맞지?"

내 말에 건우는 재빨리 대답했다.

"그럼."

다행이라는 듯 나는 고개를 주억거리다가 건우를 바라보며 생긋 웃었다. 건우도 그 특유의 건강하고 밝은 미소를 지어 보였다.

건우야, 있잖아. 내가 문제가 좀 많아. 엄청 이기적이고 목표와 결과만 중요시해. 완벽주의자라 하나라도 수가 틀리면 난리를 쳐. 너도 알다시피 까다롭고 예민하기까지 하지. 키만 멀대같이 크지, 속은 아주 좁아. 내 친구들이 고생이 많지. 나 노력할게. 좋은 친구까지는 아니어도 나쁜 친구는 되지 않도록 애쓸게. 속는 셈 치고 한 번 믿어 줄래?

"나 주짓수 배우고 싶어. 너 어디에서 배웠어?"

"사부님 소개해 줄까?"

"응."

건우는 하늘에 뜬 달을 한번 올려다보더니 가볍게 물었다.

"인터뷰 과제 했어?"

"아직."

"어쩌려고?"

"금방 쓰면 돼. 주제를 정했거든. 넌 어떤 주제로 썼어?"

"나? 완전 망쳤어."

"왜?"

"할아버지가 너무 횡설수설해서 키워드를 못 뽑았어."

"지난번에 뵈니까 말씀 잘하시던데. 어째서?"

마치 주변에 자기 이야기를 엿듣는 사람이 있다는 듯 건우는 목소리를 낮춰 소곤거렸다.

"내가 인터뷰하자고 할 때마다 할아버지가 술을 마셨거든."

"푸하하, 그랬구나."

호탕하게 웃으면서 손뼉을 쳐대는 나를 힐끗대다가 건우도 쿡쿡댔다.

"나 궁금한 게 있어."

건우가 뭐든 물어보라는 눈빛으로 날 바라봤다.

"주짓수를 왜 배웠어?"

"처음엔 살 빼려고. 근데 하다 보니까 재밌더라고."

"국가 대표가 되고 싶은 거야?"

"그건 아직 모르겠어. 공부도 재밌어서."

나는 눈을 동그랗게 뜨며 건우를 쳐다봤다.

"공부가 재밌어? 너 맛이 갔구나?"

"모든 과목이 다 좋은 건 아닌데 하다 보면 재밌어."

우아, 오랜만에 듣는 신박한 문장이다. 그런 생각을 하고 있는데 건우가 재빨리 덧붙였다.

"난 재밌게 살고 싶어. 무조건."

건치를 자랑하며 실실 웃는 건우를 보다가 다짐했다. 이제부터 나도 하고 싶은 것을 찾아보겠다고. 너무 재미있어서 시간 가는 줄 모르는 일을 하나쯤 만들겠다고.

"그만 갈까? 할머니 걱정하시겠다."

건우 말에 나는 자리에서 벌떡 일어났다. 흙이 묻었을까 봐 엉덩이 부분을 탁탁 털고 고개를 드는데 건우의 눈과 맞닿았다. 그 사이 또 키가 자라 이제는 건우와 눈높이가 비슷했다.

"와, 너 더 컸네."

그 말에 나는 징글맞다는 듯 고개를 절레절레 저어 댔다.

"서지형이 또 가만 안 있겠네."

"그냥 밟아 버려."

"그럴까? 하긴, 한주먹 거리도 안 되긴 하지."

우쭐하다 못해 의기양양한 내 얼굴을 보고 건우는 빵 터졌다. 그렇게 건우와 나는 길을 걸어가는 동안 키득거렸다.

뭐랄까. 건우와 대화를 나누면 이상하게 마음이 편했다. 어떤 이야기든 아무렇지 않게 내뱉을 수 있을 것 같았다. 대화를 끝내고 집에 돌아와도 뒤끝이 남지 않고 마음이 가뿐했다. 이모와 이야기를 나눌 때처럼 그랬다.

건우와 헤어지고 익숙한 동네에 들어섰다. 할머니와 황매화를 구경하던 길가에 서서 기웃거렸다. 허리를 한껏 수그려 꽃잎 가까이 다가갔다. 알싸하지만 뭐라고 설명하기 어려운 낯선 향이 느껴졌다. 황매화 옆으로 난 푸르른 잎사

귀들을 내려다봤다. 가로등 불빛을 받아 반짝이는 이파리에 손을 뻗었다. 할머니가 그랬듯이 손끝으로 이파리를 쓰다듬어 봤다. 갓난아기의 뺨처럼 보드랍고 몰랑했다.

18

가끔, 아니 솔직히 자주 이모가 하는 말이 어려웠다. 차마 다 소화되지 못한 말들이 아쉬워 이모에게 부탁을 하나 했다. 이러저러한 이야기가 어려웠으니 짧게 정리해서 톡으로 보내 주면 좋겠다고. 나중에 내가 더 머리가 커지고 이해력이 좋아지면 꼭 다시 읽어 보겠노라고.

귀찮은 일이었을 텐데 이모는 군소리 없이 톡을 보내 주었다. 그 톡들을 차례로 읽어 본다.

이모가 그랬다.

우리가 어떤 사람인지, 성공적인 삶을 살고 있는지 아닌지를 결정해 주는 건 돈, 명예, 학벌이라고 믿었는데 그게 아니었다고. 그럼 뭐가 중요하냐고 물었더니, 이모는 간결하게 답했다. 태도라고. 그게 뭐냐고 물었더니, 이모가 말했다. 태도란 어떤 일이 닥쳤을 때 그 일을 어떻게 받아들일지 결정하는 마음가짐이라고. 그 뒤로 이어진 이모의 한 말씀은 이러했다.

"이모는 네가 어떤 일을 겪든 거기에서 좋은 점을 발견해 내는 사람이면 좋겠어. 시련을 만나 고꾸라져도 힘껏 다시 일어설 수 있는 사람, 쓰러져 있는 사람을 보면 그냥 지나치지 않고 손을 내미는 사람, 네가 소중한 만큼 만나는 사람들을 귀하게 대하는 사람이었으면 해."

그리고 이모가 덧붙였다.

지혜라는 것은 할머니에서 손주 세대로 전달되는 신묘한 것이라고. 중간의 한 세대를 건너뛰는 방식으로만 전해지는 것들이 있다고. 할머니와 함께 사는 네가 정말 부럽다고. 자기도 할머니와 친해지고 싶었는데 그럴 기회가 없었다고. 너무 멀리 살았고 일 년에 한 번 보는 게 전부였다고. 할머니가 어떤 걸 좋아했는지, 할아버지가 어떤 사람인지 알고 싶었지만 그러지 못했다고. 그래서 할머니를 떠올릴 때 아무 생각도 나지 않는다고. 그 텅 빈 공백이 가끔은 서럽다고. 서러운 게 쌓이다 보면 한이 되기도 한다고. 그래서 나중에 네가 아이를 낳으면 멋진 할머니가 되어 주고 싶다고. 좋은 할머니 말고 멋지고 귀엽고 판타스틱한 할머니가 되어 주고 싶다고.

19

중간고사가 끝나자마자 주짓수를 배우기 시작했다. 그러기 위해 과학 학원을 포기해야 했지만 상관없었다. 학원에 다니지 않아도 과학만큼은 자신 있었다. 지금의 내가 가장 좋아하고 재미있어하는 것이 하나 있다면 그건 과학이었다.

다행히 성장은 멈췄지만 나는 이미 우리 반에서 키가 가장 컸다. 언제 또 시비를 걸지 몰라 서지형을 주시했는데 주짓수를 배운다는 소문 탓인지 녀석은 잠잠했다. 학원에서 알게 된 사실인데 건우는 주짓수 실력이 상당했다. 궁금한 것이 생기면 언제든 물어보라고 했다. 잠깐이지만 얼굴에 자부심이 넘쳐흘러 조금 꼴 보기 싫었는데, 내가 잘못한 게 많으니 넘어가 주기로 했다.

참, 승희는 비혼 선언을 했다! 결혼이 꿈이었던 승희가 말이다. 그 사건의 여파가 크긴 컸다. 이모한테 비혼 수업을 받겠다고 하도 떼를 써서 중간에서 내가 또 다리 역할을 해 주었다. 승희는 진짜 고맙다면서 당분간 아지트에 갈 때마다 빵값은 자기가 다 내겠단다. 뭐 나쁘지 않은 거래다.

"나 요즘 썸 타고 있어."

승희의 피자빵을 야금야금 파먹으며 내가 폭탄선언을 하자 승희는 호들갑을 떨었다.

"대박. 누구랑? 그러니까, 건우랑?"

"아니. 나랑."

내 몸을 껴안는 내 손을 승희가 매섭게 내리치며 꼬나봤다. 지민이는 진심으로 빵 터졌는지 배를 부여잡고 깔깔거렸다.

지민이는 교회 오빠와 무사히 60일을 넘겼다. 승희와 나는 진심으로 축하했다. 할머니와 건우 할아버지의 썸은 아직 진행 중이다.

국어 수행 평가 점수가 나왔다. 나쁘지 않은 점수를 받았다. 이번 학기 첫 국어 수행 과제가 인터뷰라서 좋았다. 덕분에 할머니를 더 잘 알게 되고 나 자신까지 조금 더 알게 되었으니까.

영어 학원이 끝나고 건우와 함께 마을버스에 올라탔다. 빈자리가 있어서 나란히 앉았다. 수다를 떠는 사이 버스가 다음 정류장에 멈춰 섰다. 몸이 불편해 보이는 할아버지가 지팡이를 짚고 간신히 올라타고 있었다. 곧 버스가 출발했고 할아버지 몸이 위태롭게 휘청거렸다.

버스 안을 둘러보았다. 빈자리는 없었다. 학원이 끝난 시간이라 그런지 내 또래로 보이는 아이들이 자리를 모두 차지했다. 심지어 노약자석까지도. 그런데 아이들은 몸이 불편한 할아버지가 자기 근처에 서 있다는 걸 몰랐다. 고개를 푹 숙인 채 핸드폰을 하기 바빴다. 건우와 내 눈이 마주쳤고 나는 고개를 크게 끄덕였다. 동시에 벌떡 일어나 할아버지한테 성큼성큼 다가갔다. 건우의 부축을 받으며 할아버지는 빈자리로 이동했다. 할아버지가 앉은 뒤에 건우와 나는 남은 수다를 이어 나갔다.

이모 말이 맞다. 아무리 완벽한 계획을 짜도 변수가 생길 것이다. 목표를 위해 죽기 살기로 노력해도 다 이룰 수 없겠지. 이모 말대로 돈, 명예, 학벌이 전부는 아닐 것이다. 그렇지만 더 노력하기로 했다. 좋은 성적을 받고 싶었다. 좋은 성적이 나를 어떤 미래로 데리고 갈지 알 수 없지만 일단은 그러기로 했다. 진짜 내가 좋아하는 일을 찾기 전까지는 말이다. 어쨌든 공부를 하는 것도, 서울에 오기로 결정한 것도, 좋은 대학에 가겠다고 결심한 것도 지금의 나로서는 최선의 선택이니까.

내 선택 앞에 부끄럽고 싶지 않다. 엄마, 아빠, 할머니, 이모 앞에서 당당한 사람이 되고 싶다. 그러다가 재미있어서 시간 가는 줄 모르는 일을 찾게 되면 완전히 돌변할지도 모른다. 내가 어떤 사람이고 어떻게 변할지 나도 모른다. 그렇게 나는 새로운 나와 계속 썸을 탈 것이다.

집에 도착해 손부터 씻었다. 거실 창문으로 새로 돋아난 이파리들의 내음이 밀려 들어왔다. 할머니 요가 매트에 붙은 먼지를 털어 낸 뒤 소파에 누웠다. 배가 또 슬그머니 고파 왔다. 할머니가 올 때까지 낮잠이나 자야겠다.

작가의 말

앤솔러지의 경우 출판사로부터 소재나 주제를 제안받는 경우가 많은데 장편은 드물었다. 출판사로부터 경장편 제안을 받았는데 주제가 정해져 있어서 앤솔러지 제안을 받은 느낌이라 덥석 받아들였다. 제안받은 주제는 '정상 가족 이데올로기'에서 벗어난 다양한 가족의 이야기였다.

어쩔 수 없이 할머니와 살아야 하는데 성격 차이로 옥신각신하며 사는 주인공이 할머니와 친해지는 이야기를 선택했다. 막연한 밑그림을 안고 시작한 이야기는 모태 솔로, 썸, 비혼, 데이트 폭력, 생활 동반자 법으로 이어졌다. 더 나아가 사람과 사람이 소통하며 살아가는 일, 건강하게 사람과 사람을 만나는 일에 대한 생각으로 확장되어 갔다.

초고를 시작한 계절이 봄이었다. 햇살이 좋은 날 부지런히 산책을 나가면 앞다퉈 피어나는 꽃들이 나를 반겼다. 황매화, 이팝나무,

자산홍, 철쭉 등의 이름을 잊지 않으려고 자주 중얼거렸다. 그 덕분인지 자연스럽게 봄의 기운이 소설에 듬뿍 담겨 버렸다. 소설을 읽는 분들께 따뜻한 봄의 기운이 전달된다면 무척 기쁠 것 같다.

교정 과정 내내 함께해 준 편집팀에 감사드린다. 주인공처럼 여행을 사랑하는, 때로는 소녀 같고 때로는 전사 같은 나의 엄마 전 여사께 이 소설을 바치고 싶다. 마지막으로 소설을 끝까지 읽어 준 독자분들께 두 손 모아 사랑의 인사를 전한다.

또 한 번의 봄을 간절히 기다리며

탁경은

참고 자료

김원희, 『진짜 멋진 할머니가 되어버렸지 뭐야』, 달, 2020
김하나 · 황선우, 『여자 둘이 살고 있습니다』, 위즈덤하우스, 2019
은정아, 『할머니 이야기를 들려주세요』, 산지니, 2020

봄날의 썸썸썸 글 탁경은 일러스트 시현

초판 1쇄 펴낸날 2022년 4월 20일 **초판 2쇄 펴낸날** 2022년 11월 20일
펴낸이 김병오 **편집장** 이향 **편집** 김샛별 조웅연 안유진 **디자인** 정상철 배한재
홍보마케팅 한승일 이서윤 강하영 **펴낸곳** (주)킨더랜드 등록 제406-2015-000037호
주소 경기도 파주시 회동길 512 B동 3F **전화** 031-919-2734 **팩스** 031-919-2735
ISBN 978-89-5618-279-7 43810